# Dolmen

## Collection
## Gouttes de vie

(novella policière)

Audrey Eden

# Dolmen

## Collection
## Gouttes de vie

Novella policière

© 2024 Audrey Eden

Édition : BoD – Books on Demand, info@bod.fr
Impression : BoD – Books on Demand, In de Tarpen 42, Norderstedt (Allemagne)

Impression à la demande

Illustration/Photos/Montage : © Audrey Eden (droits réservés)
site internet : audreyeden.com

ISBN : 978-2-3225-3702-0

Dépôt légal : avril 2024

*L'émotion au cœur des mots.*

Audrey Eden

*Il est des secondes qui échappent au roulis du monde, un instant indéfinissable durant lequel la magie prend vie : dans l'univers du livre que j'écris, dans l'histoire des pages que je lis.*

*À Régine, bénévole dévouée à la médiathèque de Luriecq. Merci pour son sourire, sa bienveillance et son soutien depuis le début de mon aventure d'autrice.*
*Ce livre est mon modeste cadeau pour lui rendre hommage : à elle, et aux bénévoles de cette chaleureuse médiathèque.*

*À David, une des plus belles âmes poètes qu'il m'ait été donné de connaître. Il a pris son envol sur sa plume et peint désormais, de ses mots merveilleux, notre ciel. Ta prose me manque et me manquera toujours.*

Ce livre est une œuvre de pure fiction. Toute ressemblance avec des personnes ou des situations existantes, ou ayant existé, ne saurait être que fortuite.

# DOLMEN

– Belle journée pour une balade.
– Si j'avais un dimanche à passer en promenade, ça ne serait pas avec toi, Éliot... sans vouloir te vexer.
– Moi aussi, j'avais des projets, madame. J'étais en pleine dégustation du meilleur barbecue de l'année quand ils m'ont appelé : le mien. Je me serais bien passé d'un cadavre en dessert.
– Ton cousin t'a laissé utiliser son barbecue ? Il aime le risque, se moqua son interlocutrice.
– Très drôle, marmonna l'homme. On ne s'était pas vu depuis une éternité, dit-il, tout sourire. Vu que je vais rester chez lui encore un moment, il m'exploite : normal.
– J'avais promis à Nolan et à Judith que je serais rentrée et qu'on profiterait d'un dimanche tranquille tous les trois. Résultat : ils sont toujours chez la marraine de Nolan.
– Tu sais qu'il ne faut jamais faire ce genre de promesse, Nora. Quatre-vingt-dix pourcents de chance qu'il y ait déception.

La jeune femme souffla, tout en continuant à avancer sur le sentier caillouteux. L'air était frais, un temps agréable dans cette allée ombragée. Les arbres, de part et d'autre, leur apportaient une protection apaisante. Le soleil, en cette journée d'été, était brûlant. Les personnes qui le pouvaient, se regroupaient donc instinctivement vers les points d'eau ou endroits boisés, gages de rafraîchissement. Seul le fait que toute la zone avait été bouclée après la découverte du corps, permettait aux deux protagonistes de profiter sereinement du trajet avant d'arriver sur le lieu fatidique. Autrement, ils auraient dû slalomer entre les badauds, les cyclistes, en recherche de connexion avec la nature. Le fait de retrouver une dépouille à cet endroit en était d'autant plus étonnant. Comment cela avait-il pu se produire, sans attirer l'attention des personnes ? Le site devait grouiller de monde en cette saison.

– Pour une fois, j'espérais que ce soit l'exception, finit-elle par répondre à son partenaire, sortie de ses réflexions, une voix empreinte de déception.
– Dans notre métier, les exceptions, faut faire une croix dessus dès le départ. Pas de regret comme ça, renchérit Éliot, un sourire en coin, la tête tournée vers Nora.

Sa maladroite tentative pour lui remonter le moral fut un échec. Elle jeta un coup d'œil très furtif vers lui, puis regarda à nouveau le sol en guise d'indication de sa trajectoire. Éliot savait que c'était compliqué pour sa partenaire. Ils travaillaient ensemble depuis plus de six ans, s'étaient liés d'amitié depuis presque aussi longtemps. Il lui donnerait sa vie sans une once d'hésitation. Elle remettrait la sienne entre ses mains de la même manière. Il était témoin à son mariage. Il l'avait soutenue lors de son divorce quatre ans plus tard. Le métier de flic avait tué le couple de Nora. Il torturait sa vie de famille depuis. Si la jeune femme n'avait pas été passionnée, elle aurait démissionné depuis longtemps. On n'exerce pas ce genre de travail pour la paie, pour la gloire, ou par défaut. L'ex de Nora lui avait reproché de l'avoir épousé alors qu'elle était déjà mariée avec la police. Sa remarque était on ne peut plus hypocrite. Elle exerçait déjà cette profession lorsqu'il lui avait fait sa demande. Il savait à quoi s'en tenir. Elle avait formulé les vœux solennels d'usage lors de la cérémonie. Elle n'avait pas le souvenir d'avoir juré de faire passer son travail au second plan. Judith était née bien avant le mariage. Nora n'avait jamais jugé nécessaire d'avoir la bague au doigt pour fonder une famille. Son ex-mari ne voyait pas d'inconvénient à cela. Mais, cédant à la pression familiale, qui jugeait bon de mettre les formes à cette situation illégitime, il s'était lancé et avait fait sa demande. Déstabilisée, la jeune femme avait tout de même accepté. Elle ne voyait, en effet, pas d'inconvénient, car cela ne changerait rien pour elle. Si elle avait su à l'époque, qu'au contraire, cela changeait tout pour lui, elle se serait abstenue ce soir-là, dans ce restaurant étoilé où il avait fait sa demande. Exercer ce métier n'enlevait en rien tout l'amour qu'elle lui portait, à lui, et à ses enfants. Si tel avait été le cas, elle n'aurait jamais décidé d'avoir Judith, encore moins d'avoir un second enfant après le mariage. Elle s'était arrêtée pour chacun de ses congés maternité. Que demander de plus ? Elle ne les avait pas prolongés, certes. Le faire aurait été inutile : elle était en pleine forme, à même de reprendre le travail. Il avait évoqué l'idée d'un congé parental pour leur fille, avait fortement insisté pour leur fils. La réponse avait été à chaque fois sans équivoque : un refus total pour elle. Retarder la séparation avec la reprise de l'activité professionnelle ne l'aurait rendue que plus difficile pour l'enfant et pour elle. Elle en avait souffert à chaque fois, même si, lui, prétendait le contraire. À l'époque, la mauvaise foi de son mari l'avait exaspérée. S'il jugeait primordial qu'elle prenne du temps supplémentaire pour rester à la maison avec leur enfant, il s'omettait de l'équation. En effet, du temps, il n'en avait pas. Elle se plaisait à le mettre face à ses incohérences, lui rappelant que le congé parental n'était pas réservé aux mères. Il lui bredouillait, s'énervant alors, quelque argument sur le lien maternel privilégié qu'aucun père ne pourrait remplacer. Vulgaire excuse pour se défausser en somme. La conversation se clôturait à chaque fois de la sorte, chaque parti campant sur son avis. À la mort de leur union, elle avait obtenu, non sans mal, la garde alternée. Le juge considérait, comme son ex-mari, que lier travail de police et vie de famille se révélait compliqué. Le jeune âge de Nolan avait joué en la faveur de Nora. Seules des circonstances graves auraient justifié de le séparer d'elle. Si, à l'époque, le mari de la jeune femme lui tenait rigueur pour de nombreuses choses, il n'avait, pas une fois, remis en doute ses capacités à s'occuper de ses enfants. Il lui reprochait son absence ; lorsqu'elle était là, elle était la plus merveilleuse des mamans.

– Tu l'as appelé ? osa demander Éliot à sa partenaire, coupant court au silence qui s'était installé, entrecoupé des pas des deux agents sur le chemin caillouteux, et des bruissements des feuilles caressées par la brise.
– Laisse tomber, Éliot. Je t'ai déjà dit que ça ne mènerait à rien, répondit-elle sèchement.

Elle serra les poings et les fourra alors dans les poches de son pantalon d'été. Ils traversèrent un petit tunnel.

– C'est du gâchis tout ça, souffla son acolyte, dépité.

Nora s'arrêta instantanément dans sa marche et se tourna vers Éliot, le fixant avec incompréhension.

– Quoi ?

L'homme imita les mouvements de son amie. Il la fixa et renchérit.

– Vous deux. Tu le sais bien. Vous vous aimez, vous vous êtes toujours aimés et vous vous aimez encore… malgré toute cette merde. C'est con ce qui vous arrive… C'est très con.

Nora le contempla durant quelques brèves secondes. La perplexité dans son regard se mua en amertume. Elle se retourna soudain dans le sens de la voie verte, et reprit la cadence de la marche, murmurant juste quelques mots :

– L'amour, ça ne fait pas tout.

Les silhouettes des collègues de la scientifique et des autres agents apparurent au loin, puis, se firent très vite plus nettes. Les deux coéquipiers terminèrent le trajet dans un silence pesant.

– Qu'est-ce qu'on a ? lança Nora en se campant face à ses collègues.
– De l'original, répondit l'un d'eux, le sourire au coin des lèvres.

Nora et Éliot se lancèrent un regard dubitatif.

– C'est par là, ajouta un membre de la scientifique en combinaison blanche.

Il leur indiqua de prendre une petite butée sur leur droite. Ils prirent soin d'éviter les broussailles avoisinantes. Ils découvrirent une clairière en pente. Une dizaine de policiers s'affairaient çà et là. Légèrement sur leur droite, s'élevaient trois monticules en pierre. Quoique naturelles, elles ne sortaient pas de terre. Elles étaient bel et bien agencées de manière volontaire, agencées comme un abri : deux pierres disposées en parallèle étaient surmontées d'une troisième qui leur servait de toit.

– Eh ben ça ! s'exclama Éliot. Je connais ces trucs ! Comment ça s'appelle déjà ?

Nora leva les yeux au ciel :

– Un dolmen. Ça s'appelle un dolmen, Éliot.
– Oui, c'est ça ! Je l'avais sur le bout de la langue, mentit son collègue. Je ne savais pas qu'il y avait des trucs dans ce genre-là dans le coin. On est quand même dans un trou paumé.
– C'est vrai qu'on a plus l'habitude d'en croiser dans les rues de Paris, le reprit Nora sur un ton narquois.
– Ah, ah, ah, pesta alors l'homme. Ce n'est pas ce que je voulais dire. C'est juste que je voyais plus ces trucs en Bretagne.
– C'est ta grande culture, grâce à *Astérix et Obelix*, qui t'anime, je suppose.

Son coéquipier fit alors une grimace de mécontentement. Il apprenait des choses extrêmement intéressantes dans ces bandes dessinées. Le problème était qu'il ne les retenait pas. En même temps, lui, ne les lisait pas pour enrichir sa culture historique.

– Ah, et figure-toi qu'il ne suffit pas de quitter une agglomération de plus de 100 000 habitants pour se retrouver dans un « *trou paumé* », surenchérit la jeune femme, faisant mine de ne pas avoir remarqué l'agacement de son partenaire.

Elle poursuivit :

– Si on en venait à l'essentiel ; salut doc ! ajouta-t-elle en s'adressant à un des membres en tenue blanche, qui leur tournait le dos.

Ce dernier se reconnut aussitôt, se redressant et pivotant d'un quart de tour, laissant aux deux agents la possibilité de découvrir le corps étendu sur le sol, sous l'immense dalle en pierre. La couleur rouge sombre dominante du cadavre contrastait avec les tenues blanches qui fourmillaient sur le site. Le technicien de la police scientifique regarda dans la direction de l'origine de la voix qui l'avait interpellé. Il arborait un large sourire. Après seize ans d'analyse de scènes de crime, rares étaient celles qui pouvaient le déstabiliser plus de quelques secondes. Il devait se barricader face à tout cela : il n'avait pas le choix s'il voulait tenir. Il serait, sinon, devenu fou depuis longtemps.

– Mais c'est la plus belle ! s'exclama-t-il. Ça va ma reine ? Plus belle à chacun de nos rendez-vous.

Éliot fit la moue, dépité, autant pour le qualificatif de « rendez-vous » que pour le fait que, comme à chaque fois, le scientifique ne le considérait pas une seule seconde.

– Toujours aussi charmeur doc, déclara Nora, avec un sourire tendre. Dommage que ta femme ne soit pas d'accord pour qu'on sorte ensemble.
– Ne m'en parle pas, surenchérit-il en riant, pendant que ses confrères s'approchaient de lui. Je ne comprends pas non plus. Au fait, j'ai un sac avec des livres pour Judith et Nolan. Elle me l'a fait mettre dans la voiture dès qu'elle a su que je vous rejoignais, l'équipe et toi, sur cette affaire.
– Elle est adorable, mais elle n'a pas à acheter tout ça pour eux, dit la jeune femme en s'arrêtant.

Son coéquipier l'imita, silencieux.

– Tu sais bien qu'elle se considère comme leur grand-mère.
– Et les enfants la considèrent également comme telle.
– Euh… Je suis là, marmonna Éliot, définitivement vexé.
– Quoi ? Tu veux des livres aussi ? le taquina l'homme.

Face au regard noir de son collègue boudeur, Nora jugea bon de changer de sujet.

– Tu nous fais le topo, mon doc d'amour, dit-elle, avec un clin d'œil.

– Bien sûr, ma déesse.

Éliot haussa les sourcils, puis baissa brièvement la tête en soufflant.

– Homme de type caucasien, enchaîna le spécialiste, à première vue d'une cinquantaine d'années, de corpulence moyenne, retrouvé en début d'après-midi par des promeneurs, torse nu, et sans chaussures, avec uniquement un pantalon en toile, sans ceinture. Aucun papier sur lui qui permettent de l'identifier.
– Où sont-ils ? l'interrompit l'enquêteur, en parlant des témoins.
– Là-bas, avec les gendarmes, répondit alors le scientifique en pointant du doigt dans la direction opposée au dolmen.

Les policiers jetèrent alors un coup d'œil et aperçurent deux hommes et une femme, sans doute à la retraite, au vu de leur apparence physique.

– Ils prennent un premier jet de leur témoignage.
– OK, répondit Nora. On ira les voir après.
– Tu as la cause du décès ? renchérit Éliot.
– Jamais avec certitude à ce stade, comme toujours, mais je peux vous dire que ce n'est pas accidentel. Celui ou celle qui a fait ça a bien prémédité les choses. Venez voir, ajouta-t-il, faisant signe à ses collègues de se rapprocher de l'édifice.

La légère odeur de sang et de chair s'amplifia de manière ostensible. Éliot, qui avait fait quelques pas en avant, marqua un arrêt supplémentaire à la vue plus proche du corps. L'écœurement se lut sur son visage. Si sa collègue paraissait plus stoïque, elle partageait entièrement le dégoût de son partenaire. L'agent de la médecine légale se plaça sur le côté droit du cadavre, en faisant attention à l'endroit où il posait les pieds. Il prenait soin de ne pas se frotter aux pierres, éventuellement porteuses d'indices. Légèrement cambré en avant, il poursuivit sa présentation, utilisant sa main droite pour guider le regard des deux policiers.

– La mort n'a pas eu lieu ici. Il a été installé avec soin après.
– Avec soin ? répéta Nora.
– Oui. On a pris le temps de le placer le plus possible au centre du dolmen, allongé sur le dos, les bras le long du corps. L'éventration que vous n'avez pas ratée, je présume, a eu lieu post-mortem. Heureusement pour lui d'ailleurs. Objet tranchant et fin. Ça a été fait proprement, si je peux me permettre l'expression.

L'enquêteur haussa les sourcils à cette dernière réflexion.

– La découpe part de l'abdomen, au bas du ventre, continua le légiste en montrant la blessure. On a pris la peine de l'écarter pour faire ressortir les entrailles.

Éliot déglutit pour réprimer une envie soudaine de vomir.

– Fait à la main ? Demanda la jeune femme avec un air imperturbable.

– Aucune certitude sur ce point pour l'instant. Je t'en dirai mieux après l'autopsie. Il y a autre chose d'original aussi.

Il dirigea son doigt vers un des bras du cadavre en s'accroupissant.

– Il a eu la main droite sectionnée, au niveau du poignet. Ante-mortem cette fois-ci.
– Ah, merde, lâcha Éliot. C'est ça qui a provoqué la mort ?

Sa coéquipière fixait le bras de la victime, perplexe. Une légère moue se dessina sur son visage.

– Peut-être, répondit l'agent. Il n'y a, a priori, aucune autre blessure apparente. Mais on ne l'a pas retourné. On vous attendait pour cela. Je sais que certains sont tatillons sur le sujet. Et l'équipe de gendarmerie m'a clairement indiqué que ce n'était pas à elle de décider, donc. Soit dit en passant : on n'est pas forcément les bienvenus ici.

Éliot fronça les sourcils, puis, jeta un coup d'œil derrière lui.

– La main manquante, vous l'avez retrouvée ? demanda l'enquêtrice, sans réagir à la dernière remarque de son ami.
– Rien pour l'instant. Les équipes ratissent les alentours. Il n'a visiblement pas été tué dans le coin, répondit le scientifique.

Éliot recula d'un pas et fit un tour sur lui-même, scrutant les lieux avec attention.

– C'est hallucinant quand même ! s'exclama-t-il. Comment est-ce que quelqu'un a pu transporter un corps jusqu'ici, prendre le temps de l'installer sous ce truc, et même de l'éventrer, avant de partir tranquillement, sans que personne ne s'en aperçoive, en plein jour ? L'été qui plus est. On a aperçu l'attroupement de badauds au barrage policier. Ce ne sont pas quatre clampins. On pouvait compter une trentaine de personnes au moins. Et on n'a pas vu ce que ça donnait de l'autre côté du sentier ! Il doit y avoir du passage !
– Ils sont peut-être plusieurs avec un guetteur, connaissent les heures d'affluence. Ça reste la campagne. Un dimanche midi, tout le monde est à table en plus, présuma le médecin.

La jeune femme ne disait rien, concentrée sur le corps et sur les inscriptions plus ou moins visibles sur les parois des pierres. Rien de pertinent ne se dégageait des tags : de l'amusement de la part de quelques jeunes esseulés sans aucun doute.

– On connaît le trajet du ou des protagonistes, et comment s'y seraient-ils pris ? lança-t-elle enfin, faisant fi de tout le discours de son collègue.
– Visiblement, ils sont venus du contrebas, répondit l'officier médico-légal, en s'écartant du corps pour rejoindre Nora et Éliot.

Il les contourna, et avança dans le petit pré. Il leva le bras gauche et leur indiqua une trace qui avait couché l'herbe non coupée depuis un certain temps. Celle-ci était assez large, plus large que l'individu mort, et menait vers une route bitumée, en bas de pente.

– On ne peut pas accéder à ce dolmen en lui-même en voiture, mais, c'est une route départementale qu'on peut apercevoir. Facile de garer un véhicule, puis, de transporter quelque chose. La pente est un peu raide, mais rien d'impossible. Au vu de l'absence de toute terre, ou même d'herbe sur la victime, le corps devait être posé sur quelque chose, ou même emballé.
– Une brouette ? proposa le policier.
– Non, pas de roue. Les larges traces laissent plus penser au fait qu'on l'ait traîné sur une planche, ou un truc du genre ?
– Un brancard improvisé ? déclara Nora.
– Ouais, ça se pourrait. Les gars ont pris les photos et font tous les relevés. On en saura mieux avec les résultats.

La jeune femme hocha la tête en guise d'approbation.

– Merci, doc. Tu m'appelles dès que tu en sais mieux.
– Sans faute Nora, répondit le spécialiste en lui souriant. Tu n'oublies pas les livres avant de partir, hein ?

Après avoir obtenu l'acquiescement de la jeune femme, il retourna vers le corps, ordonna alors à des collègues de soulever le cadavre tandis que l'un d'entre eux prenait le plus de photos possible. Ils ne pouvaient pas le tourner, ne serait-ce qu'un quart de tour, au risque de se retrouver avec une bonne partie des intestins par terre. Les agents déposèrent ensuite le corps dans le sac mortuaire noir déployé et installé à côté. Les deux agents, qui s'étaient dirigés en direction des témoins, avaient effectué un arrêt, attendant de voir si quelque chose de nouveau pouvait les éclairer. Leur collègue, les ayant entraperçus, leur fit « non » de la tête pour répondre à leur silencieuse question. Ils se retournèrent alors et se regardèrent, dubitatifs.

– Bizarre cette mise en scène, non ? Un truc religieux morbide, tu crois ?
– Ça y ressemble, il faudra creuser en ce sens, répondit Nora en posant une main sur l'une de ses hanches. J'ai l'impression que ça ne va pas être simple, cette histoire.
– Ouais, acquiesça Éliot. On peut d'ores et déjà tirer une croix sur nos prochains week-ends. On ne va pas être accueilli à bras ouverts. Ils ne sont même pas venus nous saluer ou se présenter, ajouta l'homme.

Des gendarmes, avec les témoins les observaient avec défiance, tandis que l'un des leurs prenait des notes, tout en écoutant attentivement un des promeneurs.

– Des policiers qui viennent sur le terrain de la gendarmerie. Ce serait l'inverse : je serais hors de moi. Je comprends tout à fait leur amertume.
– Amertume ? Euphémisme. Tu crois qu'ils ne vont pas nous lancer des pommes de pin sur la tête. Ils nous dévisagent bizarrement quand même.
– Pomme de pin ? Tu as vraiment tes clichés concernant la nature. Ce n'est pas la saison, rassure-toi, répondit Nora en souriant. On n'a pas demandé à être sur cette affaire. Je pense qu'ils le savent et qu'ils peuvent comprendre. Le préfet exige que ça soit réglé au plus vite. On ne sera pas trop de deux équipes.

– Ouais. Il a fait appel aux meilleurs, ajouta son collègue en bombant fièrement le torse. Je ne comprends toujours pas le but. En quoi un lieu paumé peut avoir une portée médiatique retentissante ? Les gens sont autant « branchés forêt » ?
– « Branchés forêt » ? Tu es un citadin pur et dur, c'est sûr. Tu vas vite avoir une réponse à ta question.

La jeune femme ne prolongea pas davantage la halte. Le petit attroupement en uniforme avait immédiatement compris que le sujet de discussion des deux nouveaux venus portait sur eux. Leurs visages laissaient clairement transparaître leur agacement. Nora les rejoignit, suivi de son partenaire, légèrement gêné.

– Capitaine Fasandier et lieutenant Meunier. Ravis de vous rencontrer. Nous aurions espéré faire votre connaissance en d'autres circonstances. Messieurs, madame, ajouta Nora à l'attention des trois badauds.

Ces derniers marmonnèrent une formule de politesse en hochant timidement la tête.

– Adjudant Dubois. Et voici mon équipe. Nous nous sommes permis d'interroger les personnes qui ont découvert le corps, en vous attendant. On sait que vous êtes les chefs sur cette enquête, mais, comme on connaît ces personnes, on s'est dit que ce serait mieux si…
– Vous avez très bien fait, l'interrompit Nora. Nous ne sommes pas vos supérieurs. Le préfet a demandé des renforts pour vous aider concernant cette enquête. Nous concluions une affaire sur Saint-Étienne, notre aide a été, par conséquent, sollicitée, rien de plus.

– Des policiers parisiens sur une affaire dans la Loire ? Celle-ci devait être importante. Votre réputation vous précède. Si les hautes instances ont accepté de vous prêter pour notre enquête, c'est que l'enjeu est grand.

Les promeneurs se regardèrent, perplexes. La tension était palpable. Éliot ne put s'empêcher de bomber à nouveau le torse, même s'il avait nettement l'impression que ce compliment ne lui était pas destiné. D'ailleurs, celui-ci sonnait plus comme un reproche déguisé. Il avait remarqué qu'aucun des gendarmes présentés par leur patron n'avait daigné les saluer, ne serait-ce que par un geste. Ce détail le froissa un peu. Il tint alors à souligner un point :

– Euh… « prêté » ? Nous ne sommes ni des objets, ni corvéables. On nous a posé la question et on a accepté, c'est tout.
– Loin de moi l'idée de vous manquer de respect, reprit Bertrand Dubois, sur un ton calme. Mais nous avons eu des directives on ne peut plus claires, même si, a priori, différentes des vôtres : vous dirigez cette enquête. Par conséquent : vous ordonnez, nous exécutons.

Nora, silencieuse, analysait le comportement de son nouveau collègue, mais également celui des témoins.

– Je ferai le point avec ma hiérarchie à ce sujet en temps voulu, déclara-t-elle soudain, coupant court au débat. Pour l'instant, on vous laisse terminer avec ces messieurs et dame.

Sans montrer la moindre expression sur son visage et sans attendre la moindre réponse, elle fit demi-tour, devant le groupe, un peu étonné par ce manque de réaction. En réalité, il s'attendait à ce qu'elle exige un topo sur-le-champ, en reprenant la suite de l'interrogatoire.

– Suis-moi Éliot, lança-t-elle. On va aller voir du côté de la route en contrebas.

Son partenaire, lui aussi déstabilisé, obéit.

– On peut savoir à quoi tu joues ? lui souffla-t-il, arrivé près d'elle, alors qu'ils s'éloignaient tous deux.
– À rien. Mais pas la peine de se braquer dès la première rencontre. Quand ils comprendront qu'il leur est inutile d'être, de la sorte, sur la défensive, ils coopéreront plus facilement, et on sera tous plus efficace.
– Pas faux, grommela Éliot en faisant la moue. J'ai quand même bien aimé la manière dont tu les as recadrés, glissa-t-il, un sourire au coin des lèvres.
– Éliot… Je n'ai recadré personne.
– Et elle ne s'en rend même pas compte : l'autorité naturelle sans doute, rebondit-il en s'esclaffant.

Ils arrivèrent rapidement près de la route. Sur leur gauche, le bas-côté en terre, bien dégagé, avait visiblement été aménagé pour faire office de petit parking sur lequel deux voitures pouvaient se garer sans problème. Des agents de la police technique étaient penchés sur les quelques traces de pneus de voiture sur le sol. Les policiers regardèrent avec attention les maisons jonchées le long de la route, sur leur droite. Cette dernière semblait mener au centre de la ville. Dans l'autre sens, par contre, aucune trace d'habitation visible.

– Il faudra voir où la route mène de ce côté, dit Nora en levant le bras vers sa gauche. On va demander à nos nouveaux collègues d'aller faire du porte à porte, ajouta-t-elle, se tournant cette fois-ci vers la droite. Quelqu'un a peut-être remarqué quelque chose.
– Très bonne idée, releva son partenaire. Par contre, pour ce qui est de demander, je te laisse faire, hein. Toi qui fais preuve d'une si grande diplomatie.

Nora oscilla la tête de gauche à droite, tout en souriant. Elle mit les mains dans les poches de son pantalon, et commença à revenir sur ses pas tout en se moquant de son camarade :

– Un peu plus, et je croirais qu'ils te font peur.
– Peur ? Pas du tout, s'insurgea maladroitement Éliot.

Tandis que l'homme vexé bougonnait, les deux policiers rejoignirent leurs collègues qui avaient terminé de leur côté. Ils firent brièvement le point.

– Vous nous suivez ? lança l'adjudant aux deux policiers. On vous emmène à nos locaux. Et deux de mes brigadiers se chargent de l'enquête de voisinage pendant ce temps. On vous a préparé un coin pour que vous puissiez travailler.

Le lieutenant grimaça. Il avait la désagréable impression que son nouveau collègue le comparait à un chien auquel il allait demander de se coucher dans sa niche.

– Et savez-vous, à tout hasard, où nous allons loger ? demanda Nora, sans relever les paroles précédemment prononcées.
– Oui, il y a un hôtel-restaurant dans le centre de Luriecq : le Dolmen.
– Ah ! Ben, on n'aurait pas pu faire mieux niveau nom ! Ils vont avoir de la fréquentation avec cette histoire, s'exclama Éliot.
– Ils en ont déjà sans, le reprit Bertrand. Vous y serez très bien, poursuivit-il, ils ont une excellente réputation.
– Merci, s'empressa de déclarer Nora pour apaiser la tension naissante.

\*\*\*

Les deux policiers pénétrèrent sur le petit parking de la gendarmerie. Un air un peu plus frais caressa le visage de Nora quand elle sortit de la voiture. Éliot, lui, fit un tour sur lui-même et aperçut une station-service, puis, à droite de celle-ci, un magasin de produits bio. Un immense parking, aménagé en plusieurs zones, jouxtait l'ensemble. Des arbres longeaient celui-ci, jusqu'à un rond-point. L'homme entraperçut un petit pont, un peu plus loin.

– C'est mignon, concéda-t-il en regardant alors sa coéquipière.
– Attention, je vais croire que tu apprécies le lieu, se moqua-t-elle.

– Ah ah, mais j'apprécie, j'aime bien la nature, contrairement à ce que tu crois ! objecta-t-il.

Nora lui répondit en riant. Ils reprirent presque aussitôt leur sérieux en entrant dans le bâtiment, succédant à leurs collègues qui avaient laissé la porte ouverte, sans prendre la peine de les attendre en arrivant. Les bureaux étaient exigus mais tout était ordonné, et bien agencé. À leur entrée, les gendarmes s'étaient déjà dispersés, chacun ayant retrouvé son poste. Personne ne faisait cas des deux nouveaux protagonistes présents. Éliot Meunier regarda sa supérieure en grimaçant. Cette dernière esquissa un sourire, ne montrant aucun signe d'étonnement quant à leur accueil dans les locaux.

– On se met où ? lança Éliot, contrarié, aux militaires présents.
– Comme vous le constatez, nous manquons de place, s'éleva alors la voix de l'adjudant Dubois, d'une petite pièce concomitante à l'espace d'accueil des lieux. Vous n'aurez donc pas de bureau, mais nous vous avons aménagé une petite place dans la salle des opérations. Vous ne pourrez pas être mieux placés pour suivre l'enquête.
– La diriger, reprit Éliot, avec un léger rictus.

Sa camarade lui lança alors un regard furibond. Il transgressait clairement la règle de bienséance qu'elle voulait instaurer. Elle ne voulait aucunement que la situation s'envenime sous prétexte d'ego mal placé. L'adjudant Dubois et Éliot ne cessaient de se provoquer dans leurs paroles et gestuelles. Cet excès de testostérone avait le don d'irriter la capitaine. Elle n'avait pas envie d'assister à un combat de coqs.

– Nous vous suivons, dit-elle sèchement au militaire. Ce sera très bien. Nous n'avons pas besoin de beaucoup de place.

Bertrand, de nouveau déstabilisé par l'absence de répartie de la nouvelle venue, hocha la tête, puis ouvrit la marche. La jeune femme s'efforça de ne pas regarder à nouveau son coéquipier, car elle savait qu'ils avaient, tous deux, les regards des gendarmes sur place braqués sur eux.
La salle d'opération était, elle aussi, petite, mais fonctionnelle. Une grande table rectangulaire trônait au milieu de celle-ci, ornée de multiples chaises. Le militaire, visiblement gêné, montra aux nouveaux arrivants leur coin de travail. Les joues d'Éliot s'empourprèrent lorsqu'il découvrit la minuscule et vieille table en bois accolée à un angle, au fond de la pièce, à côté de laquelle se trouvaient deux chaises du même acabit. Sa mâchoire se contracta ostensiblement. L'adjudant baissa la tête, ne pouvant s'empêcher de se racler légèrement la gorge. Nora comprit qu'il regrettait, trop tardivement, cette mise en scène, qui ressemblait fortement à une forme de bizutage. Face à l'attitude irréprochable de la capitaine, il semblait avoir honte de leur attitude enfantine.

– Parfait, déclara Nora, sous le regard médusé d'Éliot, prêt à exploser. Merci. Si vous pouviez juste nous donner le code WIFI afin que nous puissions travailler. Nous avons nos propres ordinateurs portables. Nous ne vous embêterons donc pas sur ce point.

– Oui, oui, bien sûr, je vous apporte ça immédiatement, déclara Bertrand, aussi décontenancé que le lieutenant présent.
– Non, mais tu rigoles ! Tu comptes laisser passer ça ! rugit Éliot, dès que l'adjudant Dubois eut quitté la pièce.
– Ça suffit, temporisa Nora. Tu as bien vu qu'il regrettait la situation. On savait qu'ils n'allaient pas nous accueillir à bras ouverts. Et tu n'es pas le dernier non plus, en ce qui concerne les provocations, donc, tu es mal placé pour te plaindre.

Éliot, vexé, mais conscient que sa supérieure n'avait pas tort, mit les mains sur les hanches, et tout en se dirigeant vers leur base de travail improvisée, grommela quelques insultes que la capitaine fit mine de ne pas comprendre.

– Une fois qu'on se sera installé, on fera le point sur tout ce qu'on a. Plus vite l'affaire sera résolue, plus vite tu pourras dire adieu à ton nouveau « meilleur ami », ajouta Nora sur un ton moqueur.
– Ouais, concéda le lieutenant. Je vais chercher les affaires dans la voiture, répondit-il en faisant demi-tour.

Il ne put s'empêcher de lancer un regard noir à l'adjudant Dubois, lorsqu'il le croisa à la porte. Ce dernier, un papier à la main, sur lequel il avait griffonné le code demandé, le lui rendit. S'il se sentait coupable vis-à-vis de la capitaine Fasandier, l'idée de torturer davantage le lieutenant Meunier ne lui aurait pas déplu. Mais il se devait d'être professionnel, comme il l'avait toujours été. Il n'omettait cependant pas l'idée de taquiner encore le nouveau venu, si celui-ci persistait dans sa volonté de marquer son territoire.

***

– Bon, on résume ce qu'on a pour l'instant, déclara la capitaine Nora Fasandier à l'assemblée réunie dans la salle des opérations, après que tout le monde s'était installé.

Des cartes, photographies et inscriptions remplissaient désormais l'immense tableau blanc fixé contre un des murs du lieu. Sur la table centrale s'étalaient divers documents sur l'affaire. Le lieutenant Meunier, l'adjudant Dubois et deux gendarmes étaient assis autour de celle-ci, carnet de notes à la main, et observaient avec attention leur interlocutrice.

– Le porte à porte n'a pas donné grand-chose, débuta une jeune gendarme. Soit les habitants étaient absents, soit ils n'avaient rien vu. Avec la chaleur, ceux questionnés s'étaient cloîtrés chez eux, volets entrouverts, ou totalement fermés, pour garder le plus possible la fraîcheur de la nuit.
– J'aurais cru que les gens seraient plutôt dehors à faire des barbecues, énonça Éliot, dubitatif.
– Ils doivent sûrement préférer le faire en soirée, quand il fait plus frais, rebondit la brigadière sur la remarque de son collègue.

Éliot hocha la tête pour acquiescer.

– On y retourne en fin de journée, ajouta un gendarme assis à côté d'elle, afin de questionner les personnes absentes tout à l'heure. Mais plusieurs sont partis en vacances à cette époque.

– D'accord, merci, dit Nora. Tenez-nous au courant quand vous aurez du nouveau. Concentrons-nous sur la victime. Des infos sur son identité ?
– Toujours rien pour l'instant, intervint l'adjudant Bertrand Dubois. Aucun signalement de disparition pour l'instant. Il est vrai qu'il est encore trop tôt, je pense, pour que ses proches s'inquiètent de ne pas le voir.
– Si proches il y a, ajouta la capitaine. Mais si c'est quelqu'un du coin, on aura vite des nouvelles.

L'adjudant opina de la tête. Nora s'interrompit quelques instants, puis, reprit :

– Nous avons eu ordre d'ébruiter le moins possible cette affaire, mais on doit avancer. On va donc lancer un appel à témoins. Vous pouvez préparer ça ? demanda-t-elle aux gendarmes. Ne dites rien sur l'affaire, donnez juste le signalement de notre victime, et précisez que, si quelqu'un a des informations sur une personne disparue qui pourrait correspondre, il doit venir à la gendarmerie. On avisera au cas par cas.
– On s'en occupe, dit alors le brigadier en écrivant dans son calepin, après avoir eu l'aval silencieux de son supérieur qu'il avait sondé du regard quelques secondes auparavant.
– Pour ce qui est de la discrétion, se permit de dire l'adjudant, c'est peine perdue ici. La moitié des gens des communes alentour doivent déjà être au courant. Vous savez, tout le monde se connaît dans le coin, ou presque. C'est comme une immense famille, en quelque sorte.
– Dont les membres s'entre-tuent ? Pas mal la famille, le coupa Éliot, d'un ton narquois. Vous exagérez un peu, non ?

Bertrand souffla pour marquer son irritation. Nora leva les yeux au ciel, ce qui n'échappa pas aux gendarmes qui observaient la scène.

– Peut-être, répondit le militaire. Mais, de manière globale, les gens se saluent quand ils se croisent, prennent des nouvelles les uns des autres, et s'entraident si besoin. Ce concept vous paraît certainement étrange, voire inconcevable, car vous habitez Paris. Pourtant, ça se passe comme ça ici.
– Ne rentrons pas dans ce type de divergence s'il vous plaît, intervint alors la capitaine Fasandier, connaissant Éliot, afin de couper court à un débat inévitable.

Ce dernier était déjà prêt à asséner une riposte fulgurante sur le sujet. Il fit la moue tout en ravalant sa salive, et en fronçant les sourcils.

– Si les habitants sont ouverts à l'idée de nous apporter leur aide dans cette affaire, cela ne peut être qu'un plus. Tant mieux, ajouta l'enquêtrice. Il sera néanmoins plus difficile de faire la part des choses entre rumeurs et réels témoignages.
– On sait comment s'y prendre sur ce point, lança la brigadière. On a l'habitude.

Nora la regarda en souriant :

– Je m'appuierai entièrement sur votre équipe. Vous êtes un véritable atout. Vous connaissez les lieux, la majorité des habitants, leurs habitudes.

– Oui. On n'avait pas besoin de vous, en fait, lâcha alors le gendarme qui était assis entre son supérieur et sa coéquipière.

Il s'était penché en arrière, calé sur le dos de sa chaise, et avait croisé les bras. Au grand étonnement de Nora, l'adjudant Dubois reprit son subalterne du regard. Ce dernier, tout à coup embarrassé, se redressa aussitôt, et bredouilla des excuses. La capitaine ne releva pas. Cette nouvelle absence de réaction impressionna Bertrand, autant qu'elle énerva davantage Éliot, qui fulminait silencieusement.

– Intéressons-nous à la mise en scène, déclara Nora, faisant fi des réactions autour d'elle. On peut dire que ce n'est pas commun. En attendant les conclusions de la PTS[1], on peut d'ores et déjà chercher des infos sur le lieu insolite où a été déposé le corps.

La gendarme se mordit la lèvre, puis osa prendre la parole :

– Je me permets juste une question à ce sujet. Savez-vous pourquoi ce ne sont pas les TIC[2] qui sont intervenus ? C'est juste… pour savoir.
– Pour les mêmes raisons qu'on nous a demandé de mener cette enquête, s'empressa alors de répondre Éliot sur un ton volontairement des plus condescendants.

---

1 Police technique et scientifique
2 Techniciens en identification criminelle. Ce sont des officiers ou sous-officiers de la Gendarmerie Nationale, formés.

– Certains membres de cette équipe étaient avec nous à Saint-Étienne. Sans doute, pour des questions de facilité, sachant que nous travaillons régulièrement ensemble, les instances ont jugé plus pratique qu'ils restent avec nous sur la nouvelle affaire.
– Peu importe, intervint l'adjudant, semblant vouloir à son tour, calmer les esprits. Je suis certain qu'ils font un excellent travail. L'essentiel est que l'enquête soit résolue.
– Tout à fait, le conforta Nora.
– Pour ce qui est du Dolmen, ajouta-t-il, je peux apporter déjà quelques précisions. Il daterait du troisième millénaire avant Jésus-Christ, durant les périodes chalcolithiques ou néolithiques. Si on veut être plus précis, on appelle ce dolmen la roche cubertelle.
– Cubertelle ? répéta Éliot.
– Oui, cela signifie « Pierre couverte ».
– Ah… Comment se fait-il qu'il y ait un tel monument dans le coin ?

Bertrand, étonné du changement d'attitude du policier, répondit avec un plaisir manifeste, sous le regard satisfait de Nora, heureuse que son ami fasse l'effort de s'intéresser aux propos du militaire.

– Avant l'arrivée des Celtes, le territoire avait été occupé par les Ségusiaves, un peuple gaulois.
– Ce monument serait leur œuvre alors ?
– Oui, sûrement. Le Dolmen est classé monument historique depuis 1916.
– Et il a une valeur symbolique ? demanda la capitaine à son tour.
– A priori, non. Aucun indice ne laisse le penser. C'était sans doute une chambre ou une allée couverte. La plupart

des gens l'ont toujours considéré comme une cabane sans légende.
– D'accord.

La capitaine Fasandier se retourna et contempla les récentes photos de la scène de crime, accrochées au tableau.

– La mise en scène laisse supposer que le corps n'a pas été laissé là par hasard. Sa disposition, l'éventration, sans oublier qu'on lui a coupé la main avant sa mort. On dirait... une sorte de rituel, ou quelque chose de ce genre, réfléchit Nora à voix haute. Cela concorderait-il avec le lieu, adjudant Dubois ? questionna-t-elle alors en se tournant vers ce dernier.
– C'est possible, oui. Selon certains, le Dolmen serait situé à la croisée de trois courants d'eau, et d'un courant tellurique.
– Un courant tellurique ? C'est quoi ce truc ? demanda Éliot, fasciné par ce que racontait son interlocuteur.
– Les courants telluriques sont des courants électriques présents dans la croûte terrestre. Ils sont souvent associés aux phénomènes paranormaux, aux énergies mystérieuses et aux ondes magnétiques qui influenceraient notre bien-être.
– Une influence positive ? voulut savoir la capitaine.
– Pas forcément. Il y a les deux sons de cloche sur le sujet, à vrai dire. Mais je ne m'y connais pas plus que ça. Je m'y suis uniquement intéressé en m'installant dans la région.
– Vous nous éclairez déjà grandement, le congratula Nora. Le thème du paranormal lié au site est une piste à

creuser. Il y a peut-être un lien avec ce que le cadavre a subi.

— Je m'en occupe immédiatement, dit alors le brigadier, voulant se rattraper pour sa remarque déplacée.

— Moi, je vois si la mise en scène s'apparente à un rituel quelconque, surenchérit le lieutenant Meunier, s'étant levé et dirigé vers la petite table sur laquelle il avait installé son ordinateur portable.

— Très bonne idée, Éliot. De mon côté, j'appelle la PTS pour avoir du nouveau. Au travail, déclara Nora.

***

— C'est un vrai bordel. Comment pouvait-il habiter là-dedans ? Un chat n'y retrouverait pas son petit, s'indigna Éliot, essayant de se faufiler entre les meubles trop nombreux dans le petit espace qu'offrait l'appartement du défunt. Ça va nous prendre des jours pour décortiquer tout ça, ajouta-t-il en soulevant, de sa main gantée, une des innombrables piles de papiers posés sur une des tables de la pièce.

— Selon l'infirmière, il vivait seul depuis des années. Il ne côtoyait plus les membres de sa famille à la suite de discordes. Il avait de rares amis avec lesquels il passait du temps dans les bars, selon ce qu'elle a déclaré lors de son audition à la gendarmerie. À part elle, il ne devait pas avoir beaucoup de visites, supposa Nora, debout, au milieu de la petite cuisine.

La vaisselle était propre et rangée. Comme dans le salon cependant, le lieu était envahi de bibelots et d'objets en tous genres dont l'utilité pouvait fortement être remise en cause.

– C'est sympa d'avoir laissé la petite gendarme mener l'interrogatoire. Tu te l'es mise dans la poche, s'amusa Éliot, tout en ouvrant les portes d'un placard, aussi chargé que le reste de l'appartement.
– Ce n'était pas le but. Il va falloir vraiment que tu descendes d'un cran. On est tous dans le même bateau. Il faut réussir à travailler ensemble sans, sans cesse, se provoquer.
– Dis-le-leur. Moi, je ne fais que me défendre.

Nora pencha la tête à travers l'encadrement de la porte ouverte qui séparait la salle à manger de la cuisine.

– T'es sérieux là ? demanda-t-elle en faisant la grimace. Tu es aussi coupable qu'eux.

L'homme fit mine de ne pas comprendre la remarque de sa supérieure, lui fit un large sourire, et essaya tant bien que mal de refermer les portes du placard trop rempli.

– En tous cas, heureusement qu'elle est venue nous signaler qu'il était absent quand elle est passée lui faire sa piqûre prévue. On aurait attendu longtemps autrement, je pense, que quelqu'un se manifeste pour déclarer sa disparition. Excellente idée cet appel à témoins.
– Mais j'ai toujours d'excellentes idées. Tu en doutes encore ?
– Bien sûr que non cheffe !

Nora sourit en retrouvant son acolyte dans la pièce à vivre.

– Il faut quand même attendre que son frère confirme son identification. D'ailleurs, on ne devrait pas traîner. Il y a un peu de route jusqu'à Saint-Étienne. On a rendez-vous dans un peu plus d'une heure.
– L'infirmière l'a formellement reconnu sur la photo qu'on lui a montrée. C'est la mieux placée, vu que son frère et lui ne se serait a priori pas vu depuis des années.
– C'est juste. Mais il vaut mieux s'en assurer. De plus, j'aimerais voir sa réaction. Leur mésentente a peut-être dégénéré. Ils se sont possiblement retrouvés… pour le pire.
– Ah les crimes familiaux ! Le grand classique. J'avoue que ça m'arrangerait. Les trucs tordus de rituels et de paranormal ont l'air bien plus compliqué.
– On va bientôt pouvoir se faire une idée. L'équipe technique arrive, s'interrompit Nora, en entendant les pas qui résonnaient dans l'escalier commun du bâtiment. On va leur laisser la place.
– Ils ont du boulot. Même si rien n'indique, à première vue, que le gars a été tué ici.

*** 

– Toutes mes condoléances, monsieur Berthier, déclara la capitaine.

Nora, Éliot, et le frère de la victime se retrouvaient tous trois dans le couloir qui menait vers une des salles d'autopsie, dans laquelle l'homme venait à peine d'identifier formellement son frère. Le suspect s'était assis sur une des chaises qui ponctuaient, çà et là, le long corridor blanc, et pleurait, à chaudes larmes, la tête plongée dans ses mains.

– Votre frère, Jacques, et vous, n'étiez pas en bons termes, selon les dires. Quand l'aviez-vous vu pour la dernière fois ?

L'homme essaya de reprendre de la contenance, sortit un mouchoir de sa poche et s'essuya brièvement le visage avec, avant de regarder le lieutenant Meunier, impassible, qui se tenait debout, face à lui, à côté de la capitaine Fasandier. Cette dernière le laissait mener l'interrogatoire, examinant avec attention les moindres réactions de leur interlocuteur.

– Qui vous a dit ça ? C'est vrai. On ne se parlait plus. Je ne l'avais pas vu depuis des années... huit ans à peu près.
– Votre réaction est, pardonnez-moi, un peu étonnante, donc.
– Étonnante ? C'était mon frère !
– Que vous détestiez au point de couper les ponts avec lui.
– C'est faux : je l'aimais !

Le lieutenant Meunier haussa ostensiblement les sourcils pour marquer son scepticisme, tandis que la capitaine ne réagissait pas.

– C'est son épouse que je ne supportais pas... Enfin, son ex, poursuivit l'homme, en fixant le sol.

Les deux policiers s'échangèrent alors un bref regard. Leur suspect avait visiblement l'air sincère et abattu.

– Elle était égoïste, infecte, et ne pensait qu'à l'argent. Elle a tout fait pour éloigner mon frère de sa famille, et elle a réussi. À la mort de notre père, quand il a fallu se résigner à faire une demande pour notre mère en maison de retraite, elle a catégoriquement refusé que Jacques participe financièrement, sous prétexte qu'il était, après un accident du travail, sans emploi, contrairement à nous. On le savait, on n'exigeait pas l'impossible, ma femme et moi, mais juste un peu de soutien, de manière symbolique. Et puis, il avait des aides, l'assurance… Par contre, cette mégère l'a poussé à récupérer le plus de choses possibles chez nos parents, sans nous consulter au préalable. Et lorsqu'on lui a dit qu'on allait utiliser la vente de leur maison pour payer les frais concernant notre mère, la guerre a été déclarée. Elle se voyait déjà gagner le pactole. Elle a entraîné mon frère dans sa folie. Il était méconnaissable, tellement amoureux d'elle qu'il était prêt à tout accepter pour ne pas la perdre. Elle lui faisait du chantage d'ailleurs. Il me l'a avoué une fois. Heureusement, elle n'a pas eu gain de cause. Mais elle a exigé qu'il coupe les ponts avec toute la famille, même avec sa propre mère. Il n'est pas allé la voir une seule fois à la maison de retraite ; il n'est pas venu à son enterrement, vous vous rendez compte.

Sur ces derniers mots, l'homme commença à sangloter.

– À notre connaissance, Jacques Berthier vivait seul, déclara la capitaine Fasandier.
– Oui, ils ont divorcé, il y a plus de cinq ans.

– Comment le savez-vous ?
– Ce n'est pas parce que mon frère ne voulait plus me parler que je ne prenais pas de nouvelles. J'ai habité à Luriecq pendant des années. Je fréquente encore de nombreuses personnes dans le Forez. Certaines le connaissent.
– Votre frère n'a pas repris contact avec vous, après sa séparation ? reprit le lieutenant.
– J'ai essayé quand j'ai su. Mais cela a été un échec : il me tenait pour responsable du départ de cette garce. Il faut que vous sachiez : il a fait une dépression après qu'on s'était embrouillé. Elle en a profité. Il percevait des compensations à cause de son incapacité partielle.
– Son infirmière en a parlé : sa jambe, le coupa la capitaine.
– Oui. Pas que, même. La poutre qui lui est tombée dessus ne l'a pas raté. Tout le monde disait qu'il était miraculé, et que cela aurait pu être pire, mais cet accident lui a laissé des séquelles irrémédiables... enfin... lui avait.

Éliot se rendit compte que les mains de l'homme assis tremblaient, tout comme sa voix. Il était en état de choc. Le fait qu'il ne soit pour rien dans le décès de son frère était une évidence. À moins que les deux policiers aient devant eux le plus grand acteur qu'il leur ait été donné de rencontrer.

– Pourquoi dites-vous qu'elle en a profité ?
– Au lieu de l'aider, de l'inciter à consulter, elle minimisait la situation, répétait que c'était temporaire. Je le sais, car, inquiet, j'avais fait l'effort de lui téléphoner pour qu'on trouve une solution. Elle m'a clairement envoyé paître. Vous pensez bien : plus il était mal, plus il

était docile. Elle faisait ce qu'elle voulait de son argent. Elle ne travaillait pas. Quand on lui demandait, elle racontait qu'elle était prof de dessin, sauf qu'elle n'a jamais donné un seul cours à qui que ce soit. Elle menait son petit monde à la baguette : mon frère surtout. J'ai même entendu dire qu'elle collectionnait les amants quasiment sous son nez, sans qu'il réagisse !

— Pourquoi ne pas avoir agi de votre côté alors ? demanda le lieutenant.

— Elle m'a dit que si je tentais quoi que ce soit, elle nierait officiellement que son mari avait des soucis, qu'elle nous ferait vivre, à ma femme et à moi, un enfer. Je ne voulais pas lui imposer tout ça. J'ai mes enfants aussi… En fait, je crois que j'ai été lâche, et qu'une part de moi lui en voulait.

— Vous en vouliez à votre frère ? souligna la capitaine.

— Il nous avait abandonné… pour une femme. Ma mère, moi… Je regrette.

— Que s'est-il passé par la suite ?

— Il a touché le fond, fait une tentative de suicide. C'est à ce moment qu'elle l'a quitté, alors qu'il était au plus mal. Elle avait sans doute compris qu'elle allait perdre sa vache à lait. Elle avait jeté son dévolu sur un petit chef d'entreprise qui travaillait du côté de Saint-Bonnet-Le-Château. Il était un meilleur parti pour elle. Celui-là s'est fait avoir aussi. Ils sont encore ensemble, je crois. Mais je n'en suis pas certain.

— Et pour votre frère ? demanda l'enquêtrice.

— Contre toute attente, malgré tout, il a réussi à se reprendre, grâce aux médecins qui l'ont suivi. Il a dû comprendre que cette femme était une vipère. Il a même suivi des formations après, et il avait fini par trouver un travail : un mi-temps thérapeutique, dans une boîte de téléphonie. Si on m'avait dit qu'un jour mon frère travaillerait dans des bureaux... Il n'avait pas le choix. Mais les gens me disaient qu'il avait l'air satisfait. J'ai hésité cent fois à reprendre le contact. Mais je me suis dit que s'il l'avait voulu, il l'aurait fait de son côté. Il m'avait tant de fois repoussé que...

L'homme désespéré se mit à pleurer à nouveau à chaudes larmes.

– Oh... J'aurais dû... Bon sang ! J'aurais dû ! Si je l'avais fait, il serait peut-être encore...

Les deux policiers ne surent quoi répondre. Se blâmer de la sorte ne changerait rien à la situation. Les torts étaient visiblement partagés. De plus, la mort ne prévient pas, quelles que soient les circonstances. Mais ils savaient également que leurs paroles, à cet instant, n'auraient aucune valeur : rien n'apaiserait la douleur et le sentiment de culpabilité, si ce n'est, trouver le coupable.

***

– Ce type m'a fait de la peine, avoua Éliot à Nora, au volant de leur voiture de fonction.

Ils se dirigeaient tous deux vers le commissariat de Saint-Bonnet-Le-Château. Ils étaient restés un long moment silencieux après leur rencontre avec le frère de la victime. Nora regardait le paysage défiler à travers la vitre du côté passager. Elle ne pouvait bizarrement pas s'empêcher de penser à son ex-mari. À vouloir s'entêter à ne pas faire le premier pas, ne finiraient-ils pas tous les deux par vivre la même situation : une vie de regret sans l'autre ? La phrase de son collègue la sortit de ses pensées.

– Ce pauvre homme est innocent, je pense. S'il avait dû tuer quelqu'un, il s'en serait plutôt pris à cette femme.
– Oui. Je pense qu'il va falloir la rencontrer, répondit-elle.
– Ça, c'est sûr ! Il ne la porte pas dans son cœur : au contraire. Tu penses qu'elle peut avoir un lien avec sa mort ?
– Il ne faut négliger aucune possibilité.

Le téléphone portable de Nora se mit alors à sonner. Après une brève discussion, elle raccrocha et expliqua à son collègue, curieux de savoir ce qu'il en était :

– Changement de direction. L'adjudant Dubois nous envoie une adresse à laquelle nous devons le rejoindre. C'est du côté de Marols.
– Qu'est-ce qui se passe ?
– Il a eu des infos, en lien avec le Dolmen et le mysticisme.
– Ah ouais ?
– Il y aurait un groupe de personnes qui se réunit régulièrement. Leurs thèmes de prédilection sont l'ésotérisme, le paranormal, et tout ce qui a trait à la spiritualité.
– Pour un hasard ?
– Crois-tu au hasard ? reprit-elle en souriant. Au pire : on glane des infos supplémentaires sur les pratiques liées au Dolmen, et sur les gens du coin qui s'y intéressent.

— Et au mieux, on fait la connaissance de notre, ou de nos coupables. En route pour Marols alors, ajouta le lieutenant Meunier.

\*\*\*

Le binôme se gara devant une vieille et immense bâtisse en pierres. Il s'agissait visiblement d'une ancienne ferme rénovée et transformée en habitation. Ils avaient eu du mal à trouver, celle-ci se cachant en effet, en retrait, à la sortie d'un des hameaux proches de Marols. Le militaire les avait guidés, au téléphone, durant l'ultime partie de leur trajet. Ce dernier les attendait près de sa voiture. Il les rejoignit, secondé de la jeune gendarme.

— Beau travail, adjudant Dubois. Trouver ce groupe n'a pas été, je présume, une mince affaire.
— Non, mais j'ai une équipe fantastique. Et comme je vous l'avais dit, les gens de la région sont enclins à aider.
— À parler sur les autres, vous voulez dire ? lança Éliot, sur un ton amusé.

Nora ne put s'empêcher de souffler. Son ami était décidément incorrigible. L'adjudant prit sur lui et ne releva pas la remarque.

— C'est vrai que, dans les grandes villes, les gens se font agresser dans le métro sans que quiconque autour ne réagisse. C'est mieux, se permit d'affirmer la brigadière.
— On s'arrête, ordonna la capitaine Fasandier, coupant court à l'élan pris par Éliot, qui s'agaça d'être à nouveau interrompu par sa supérieure.

La gendarme lui lança un sourire provocateur de satisfaction, tout en passant devant lui.

– J'ai prévenu le propriétaire, monsieur Galfon, de notre venue. Il devait avertir les membres du groupe qui avaient pour ordre de se réunir chez lui, et de nous attendre. Je trouvais que cela était mieux que de les faire venir à la gendarmerie. Cela nous permet, en même temps, de découvrir les lieux, tout en évitant une commission rogatoire.
– Bien vu, le félicita la capitaine.

La bonne entente entre les deux agents exaspérait le lieutenant au plus haut point. Il ne comprenait pas pourquoi elle le complimentait aussi souvent. Il aurait procédé de la même manière à sa place, aurait même mieux agi. Il secoua légèrement la tête en entrant dans le bâtiment, avançant dans les pas de ses prédécesseurs. Il était énervé, cette fois-ci, contre lui-même, se rendant compte qu'il était jaloux de l'adjudant Dubois.
Les lieux étaient décorés avec soin. Des pans de murs aux pierres apparentes se fondaient avec ceux recouverts et peints, sur lesquels apparaissaient çà et là des tableaux et autres éléments de décoration, tous disposés de manière ordonnée. Les arrivants eurent tous la même réaction de stupéfaction en découvrant la gigantesque pièce de vie. La cuisine ouverte dévoilait sans pudeur des appareils hi-tech et des meubles en bois brut de haute qualité. Il ne fallait que quelques secondes pour comprendre que le propriétaire des lieux vivait très aisément. S'il prenait l'envie à quelqu'un de douter encore, il lui suffirait de jeter un coup d'œil aux splendides luminaires qui offraient l'éclairage des lieux, aux autres meubles et objets de

décoration, pour avoir confirmation de l'état de fait. Les nouveaux venus durent se retenir de montrer la moindre marque d'ébahissement. Ils devaient intimider les personnes présentes, et non être intimidés. Dans le salon, installés confortablement sur les fauteuils et canapés, plusieurs personnes les observaient avec attention et curiosité. Nora, comme ses collègues, prit le temps de les dévisager, à son tour, scrutant le moindre indice de réaction suspecte sur leurs visages. Un homme lui parut légèrement fébrile, mais cela ne prouvait, pour l'heure, rien. La capitaine dénombra cinq personnes.

– Merci de nous recevoir, déclara l'adjudant Dubois à monsieur Galfon. Et merci à vous tous d'avoir réussi à vous libérer et d'être venus aussi vite, ajouta-t-il en s'adressant cette fois-ci à tout l'auditoire.
– Ce n'est pas comme si nous avions eu le choix, dit sèchement une des femmes présentes.
– Vous êtes ? la reprit tout aussi sèchement la capitaine.
– Euh… Denise, Denise Galfon, répondit-elle, de manière troublée.

Il ne fallait visiblement pas grand-chose pour que la dame effrontée perde tout son aplomb.

– Veuillez excuser mon épouse, intervint monsieur Galfon. Elle était un peu anxieuse. Il est vrai que nous sommes pressés de connaître le motif de cette… aimable convocation. Nous avons eu beau en parler, personne n'a la moindre idée de la raison de notre présence. Auriez-vous la politesse de nous éclairer, s'il vous plaît ?

Les représentants des forces de l'ordre regardèrent tous la capitaine Fasandier.

– Veuillez décliner votre identité, continua-t-elle, n'ayant cure de la demande de son hôte, qui effectua un rictus d'agacement, face à ce manque de respect notable.
– Je m'appelle Gisabelle Levaudin, énonça la femme assise près de la propriétaire des lieux. Mon mari, Éric, n'a pas pu se libérer, mais il fait tout son possible pour nous rejoindre.

Le lieutenant et la gendarme avaient tous deux sorti leurs calepins, et prenaient note des déclarations faites. La capitaine Fasandier tourna la tête vers les deux dernières personnes qui n'avaient pas encore pris la parole. L'étrangère était assise dans un fauteuil, et l'homme dans celui installé près du sien. La policière avait remarqué qu'il ne cessait de lui lancer des regards furtifs depuis leur arrivée sur les lieux. Si, lui, semblait déstabilisé par leur présence, elle, restait totalement stoïque. Il déclara fébrilement :

– Je me nomme Yves Daunier, et voici ma compagne : Rose Saunion.

Le lieutenant Meunier cessa d'écrire et releva la tête en entendant le nom prononcé. Sa supérieure haussa légèrement les sourcils, ce qui n'échappa pas à la principale intéressée. Elle reprit la parole, ne voulant pas élever davantage les soupçons de la femme.

– Je me présente : capitaine Fasandier. Voici le lieutenant Meunier.

– La police ? s'étonna madame Galfon.
– Je ne vous présente pas mes collègues, que vous connaissez déjà sans doute.
– De nom, bien sûr, acquiesça monsieur Galfon en souriant. Que nous vaut l'honneur de la visite de la police ? insista-t-il.
– Nous enquêtons sur un meurtre perpétré à Luriecq. En avez-vous entendu parler ?
– Un meurtre ? Mon dieu ! Quelle horreur ! s'indigna Denise Galfon.

Les autres personnes de l'assemblée eurent une réaction similaire. L'enquêtrice releva cependant un état de nervosité grandissant chez Yves Daunier. Si sa compagne était déjà au courant des faits, elle feignait, quant à elle, à merveille, la surprise.

– De qui s'agit-il ? s'empressa de demander cette dernière.
– Nous n'avons pas encore pu identifier la victime malheureusement, répondit Nora, empêchant Éliot d'entamer sa réponse.

Ce dernier, et ses collègues, quoiqu'étonnés par ce mensonge, allèrent dans le sens de la jeune femme. Si elle omettait de donner cette information, c'est qu'elle le jugeait nécessaire pour l'avancée de l'enquête. L'adjudant Dubois avait, de plus, remarqué que le nom de Rose Saunion avait fait réagir les policiers. Cela n'était, sans nul doute, pas sans raison.

– On imagine que ce genre de choses n'arrive que dans les fictions. Je suis vraiment navré pour cette personne.

Mais, j'avoue ne pas comprendre le rapport avec notre convocation, madame, déclara sobrement le maître des lieux.

– Capitaine, le reprit sèchement la policière. Nous savons que vous faites tous partie d'un même cercle. Vous partagez une passion pour l'ésotérisme, c'est bien cela ?

– Ce n'est pas une passion, capitaine. L'ésotérisme est un domaine sérieux, ne put s'empêcher de la reprendre l'épouse de monsieur Galfon.

– Je n'en doute pas, madame, continua l'enquêtrice, mais là n'est pas la question. Les circonstances du décès de la victime revêtent un caractère inhabituel. Je ne peux entrer dans les détails, cependant, le lieu où le corps a été découvert et la mise en scène laissent penser à un rituel.

– Et donc ? Nous sommes coupables parce que nous nous intéressons au paranormal, lança froidement Rose Saunion, sans bouger d'un millimètre.

L'absence d'expression sur son visage interpella Nora. Le regard de monsieur Galfon se noircit. Denise Galfon et Gisabelle Levaudin s'échangèrent un regard inquiet.

– Nous ne prétendons rien de tel, madame, intervint l'adjudant Dubois, afin de soutenir Nora. Nous espérions, qu'avec vos connaissances sur le sujet, vous pourriez nous apporter votre aide.

Les visages se décrispèrent légèrement.

– Avec grand plaisir, dit alors l'hôte en se levant de son siège. Il mit les mains dans ses poches, puis, esquissa un rictus d'auto-suffisance. Nous ferons du mieux que nous le pouvons, avec les éléments que vous daignerez bien nous confier, bien entendu.

Cette remarque provocante exaspéra Éliot, qui fronça les sourcils. Sa partenaire, stoïque, comme à l'accoutumée, s'avança vers son interlocuteur et lui demanda :

– Que pouvez-vous nous dire sur le Dolmen de Luriecq ?
– C'est là que vous l'avez retrouvé ? s'enquit madame Levaudin.

Elle n'obtint que le silence pour réponse.

– C'est un lieu chargé en énergies diverses, expliqua enfin Denise Galfon, après avoir balayé rapidement du regard la pièce, afin de sonder silencieusement ses amis et son mari, qui restèrent muets. Je vous passerai l'historique du lieu. Je présume que vous vous êtes déjà renseignés.

L'adjudant opina de la tête pour confirmer la supposition de la femme.

– On peut logiquement penser que l'endroit est un des carrefours qui existent entre les différents mondes : le monde palpable tel que nous le connaissons, et les autres, qui sortent du domaine de compréhension des humains lambda.
– Ce qui n'est pas votre cas, intervint ironiquement Éliot, ne voyant aucune logique à ce que Denise Galfon venait de raconter.
– Nous comprenons votre scepticisme…, reprit monsieur Galfon.

– Lieutenant, compléta ce dernier.
– Oui, lieutenant. Mais il existe assez de témoignages, et même de preuves audios ou filmiques pour ne pas douter. De plus, il faudrait posséder un ego surdimensionné pour penser que nous sommes seuls dans cet univers, et que nous dominons, voire maîtrisons tout sur cette Terre. Mes amis, mon épouse et moi-même, faisons partie de ceux qui font preuve… d'humilité, face à l'immensité de ce que le monde peut nous apporter.

Cette attaque ouverte déplut fortement à Éliot qui eut la soudaine envie de remettre ce quidam à sa place. Une nouvelle fois, Nora intervint :

– Le but n'est ni de débattre ni de porter des jugements déplacés, monsieur.

Le ton réprobateur et froid de la jeune femme sonna l'alerte pour le maître des lieux qui baissa la tête. Son coéquipier ne put s'empêcher de sourire. Il était admiratif de la manière dont sa supérieure était capable de remettre les personnes hautaines à leur place, sans la moindre étincelle de contrariété. Lui, en était incapable.

– Pensez-vous que commettre un meurtre à cet endroit pourrait avoir une portée symbolique ? s'enquit-elle, en s'adressant à tous les membres du groupe convoqué.
– Eh bien, bredouilla Yves Daunier, qui, pour la première fois depuis leur arrivée, semblait plus calme, difficile à dire sans les détails.
– Émettez des hypothèses, nous nous en accommoderons, le reprit Nora.

– Alors, c'est possible, oui, poursuivit l'homme, après avoir regardé ses amis. Peut-être un sacrifice.
– Un sacrifice ? répéta Éliot.
– Oui, euh, certains pensent qu'une offrande permet de communiquer avec le monde des esprits.
– En effet, confirma Gisabelle Levaudin. Cela peut consister en des fleurs, de la nourriture…
– Mais cela peut aller plus loin, poursuivit Yves Daunier : sacrifice d'animaux…
– Ou humain ? intervint l'adjudant Bertrand Dubois.
– On ne peut pas nier que ce sont des coutumes qui se perpétuent encore dans certains pays, secrètement.
– Et en France ? lança le lieutenant Meunier.
– Nous ne sommes pas des barbares, contrairement à ce que vous pensez, s'insurgea froidement Rose Saunion. En ce qui nous concerne, nous n'avons recours à aucune de ces pratiques, et bien évidemment pas aux sacrifices, quels qu'ils soient. Nous faisons des recherches, nous nous recueillons sur les lieux pour communier ensemble et créer le lien avec le non tangible pour vous. Il nous arrive de voyager pour découvrir des endroits réputés pour être des frontières entre notre monde et celui des esprits. Nous rencontrons d'autres personnes qui partagent notre vision, et réalisons des séances de spiritisme. Rien d'illégal que je sache donc.
– Encore une fois, nous ne portons aucune accusation, dit Bertrand dubois.
– On dirait que si, pourtant.

Le ton incisif de Rose Saunion glaça l'assemblée. Contrairement à ses camarades, elle n'éprouvait aucune appréhension face aux policiers et gendarmes. Sa meilleure défense semblait être l'attaque. La capitaine

Fasandier la sonda tout au long de son discours. Cette femme était liée de près ou de loin à la mort de Jacques Berthier : elle en était désormais intimement convaincue.

*** 

– Dans la famille « Rituels de tarés », je demande les Lusitaniens.

Nora contempla Éliot avec un air dubitatif. Bertrand, lui, haussa les sourcils, accola son dos au montant de son fauteuil tout en croisant les bras.

– Cette entrée magistrale dans le bureau de l'adjudant avec une telle répartie est le fruit d'une grande découverte, je présume, déclara la jeune femme.
– Tu ne pourrais pas mieux dire, reprit son partenaire avec une fierté manifeste.
– Lusitanien, dites-vous ? demanda Bertrand pour avoir confirmation.
– C'est exact. Vous connaissez ?

L'homme fit « non » de la tête. Le policier se délectait de ce moment de supériorité. Le premier de la classe n'aurait, cette fois-ci, pas les faveurs de Nora. Il se réjouissait d'avance des compliments qu'elle allait lui faire.

– Tu as décidé de ne rien dire pour le suspens, se moqua son amie, extirpant le mégalomane de ses pensées.
– Tenez-vous bien. J'ai galéré pour trouver un lien entre la mise en scène de notre meurtre et un éventuel rituel ou

autre. Mais mon talent n'a aucune limite, ajouta-t-il, sourire aux lèvres. Les Lusitaniens étaient un peuple installé pendant l'Antiquité dans le sud-ouest de la péninsule Ibérique, expliqua l'homme, en lisant ses notes, région qui est devenue, par la suite, la province romaine de Lusitanie. Ça correspondrait aujourd'hui à un morceau du Portugal et de l'Espagne.

– À un morceau ? OK. Et ? l'interrompit l'adjudant Dubois, perplexe.

– Et… répéta le lieutenant Meunier, sur un ton fâché, ils faisaient des sacrifices aux Dieux. Je vous préviens : ils ne faisaient pas dans la dentelle. Ils utilisaient leurs prisonniers de guerre pour leurs petites affaires. Ils leur mettaient des saies : ce sont des habits d'époque, selon ce que j'ai compris. Bon, là, rien d'horrible, hormis peut-être pour un styliste.

Le policier ne put s'empêcher de s'esclaffer, seul, en réaction à sa mauvaise plaisanterie. Il se reprit rapidement, face à l'échec cuisant de celle-ci, Nora et Bertrand restant totalement de marbre.

– Bref, ils se servaient d'eux dans deux buts, selon ce que j'ai trouvé. Premièrement, un mec, l'ha-rus-pice, prit le temps de lire Éliot en articulant afin de bien prononcer le nom, lisait l'avenir dans les entrailles du corps de la victime. Mais, attention, il fallait que celles-ci soient encore liées au pauvre prisonnier pour que leur délire fonctionne. Cet haruspice pratiquait l'art divinatoire de cette manière. On éventre la victime sans sortir totalement les entrailles, comme pour notre Jacques Berthier ! C'est pas beau ça !

– Ce n'est pas le terme que j'utiliserais, Éliot, répondit Nora en faisant la moue.

Ce dernier l'imita en haussant les épaules.

– Oui, non, certes. Mais c'est une belle trouvaille, non ?
– Sur ce point, je suis d'accord. Je ne crois pas qu'il s'agisse d'un hasard. Beau travail. Mais, tu as parlé de deux buts de la part de ce peuple. Prédire l'avenir, et quoi d'autre ?
– C'est là le plus beau… Enfin… Non, pas beau, mais génial. Non, pas génial non plus…
– On a compris l'idée, lieutenant, se moqua alors Bertrand.
– Ouais, souffla le policier. Figurez-vous, qu'il leur arrivait aussi, pour faire des offrandes à leurs dieux, de couper la main droite de leurs captifs.

Les yeux de ses deux collègues s'illuminèrent à cette annonce.

– Mon Éliot, tu es fantastique ! s'extasia Nora, en se levant. On peut à présent émettre deux hypothèses plausibles. Nous sommes quasiment sûrs que les membres de ce groupe, dirigé visiblement par monsieur Galfon, ont un lien avec l'assassinat de Jacques Berthier. Ils sont plus que passionnés par le mysticisme, selon leurs déclarations : prêts à faire des voyages dans d'autres pays, même. Dieu sait ce qu'ils ont pu découvrir.
– On leur a peut-être mis dans le crâne qu'un petit sacrifice était le seul moyen de passer à l'étape supérieure avec l'au-delà, réfléchit le lieutenant Meunier.

L'adjudant acquiesça silencieusement, lui aussi dans la réflexion.

– C'est possible, oui, dit Nora. Soit, nos meurtriers sont des fous tellement accros au monde du paranormal qu'ils ont cru que sacrifier un homme seul, qui ne manquerait, selon eux, à personne, se révélait être le meilleur moyen d'assouvir leurs idées fantasques. Soit, toute cette mise en scène n'est là que pour cacher le vrai motif de ce meurtre. Dans les deux cas, ce cercle avait toutes les connaissances nécessaires pour mettre ce plan à exécution. Rose Saunion, ajouta Nora en posant les mains sur ses hanches : c'est elle la clé.

– Mais comment les avoir ? Lui mettre un coup de pression ne servira à rien. Tu as vu, lors de notre entretien. Cette femme ne lâchera rien, s'inquiéta le policier.

– Elle, non. Mais elle a un point faible.

– Son compagnon, Yves Daunier, dit alors l'adjudant. Cependant, nous n'avons que des présomptions, sans un semblant de preuve. Il en faut beaucoup plus pour le faire craquer.

La capitaine regarda le militaire avec un air pensif. Il avait entièrement raison. Elle pencha la tête en arrière, puis, poussa un soupir :

– Espérons que le doc nous aide sur ce coup.

***

Nora contemplait le plafond depuis plusieurs minutes. Elle poussa un soupir, puis ferma les yeux un moment. Elle se tourna subitement sur le côté droit, saisit son téléphone portable, posé sur la table de nuit. Elle se recala sur le dos, regarda longuement l'appareil qu'elle tenait à bout de bras au-dessus d'elle, ensuite, glissa son pouce sur l'écran qui s'alluma. Une fois déverrouillé, après une brève manipulation, elle tapota un message court, hésita longtemps avant d'appuyer sur le bouton d'envoi, enfin, fébrilement, tapa sur ce dernier. Elle déposa alors le téléphone sur sa poitrine. Elle n'était pas certaine d'avoir fait le bon choix en envoyant ce SMS à son ex-mari. Elle se rassura en se disant qu'une conversation n'engageait en rien. Mais celle-ci ne serait-elle pas comme toutes les précédentes qu'ils avaient eu ces derniers mois : stérile ? La jeune femme ne pouvait pour autant vivre avec le regret de ne pas avoir essayé, une dernière fois. « *L'amour ne fait pas tout* ». La phrase qu'elle avait énoncée à son ami, en arrivant à Luriecq, résonnait dans sa tête. Cependant, ce sentiment existait encore, et renvoyait un écho encore plus fort dans cette chambre d'hôtel : elle l'aimait encore, plus qu'elle ne voulait se l'avouer. Éperdument même, malgré tout, malgré elle.

Elle souleva l'appareil pour vérifier brièvement qu'aucun message n'était apparu. Elle se ravisa rapidement, et le lança sur le lit, près d'elle. Pensait-elle qu'il se ruerait sur le sien pour lui répondre ? Peut-être ne l'avait-il pas vu ? Une question l'oppressait davantage : avait-il envie de lui répondre ? Si elle, l'aimait encore, rien ne prouvait que ce sentiment était réciproque. Nora souffla une nouvelle fois, puis, après avoir à peine secoué la tête, en passant ses deux mains jointes sur son front, se redressa brusquement. Elle balaya des yeux tous les documents posés devant elle.

De multiples feuilles, éparpillées sur le bas du lit, se chevauchaient, tout comme ses idées. Parmi celles-ci, le compte-rendu de l'autopsie défiait son regard. La victime avait reçu plusieurs coups, assénés derrière le crâne. Selon le doc, l'arme utilisée serait un objet contondant. Les blessures étaient profondes. L'homme n'était pourtant pas décédé sur le coup : il avait succombé à une hémorragie. Le coupable avait agi visiblement sans hésitation, bien au contraire. Aucune trace de lutte n'avait été relevée, sans doute, la victime avait-elle été surprise par son agresseur. Aucune empreinte exploitable. Plusieurs contusions, post-mortem, à plusieurs endroits du corps, laissaient penser que le cadavre avait bien été déplacé. Le meurtrier avait visiblement eu du mal à le transporter, au vu des marques relevées. Manquait-il de force ? S'agissait-il d'une femme ? Le nom de Rose Saunion traversa l'esprit de la capitaine. Cependant, elle doutait qu'elle ait agi seule. La côte qui menait au Dolmen était bien trop raide. Si déjà, le coupable, avait eu du mal à déplacer le corps, le monter seul jusque-là lui aurait été tout bonnement impossible. Elle avait un complice. Cela sous-entendait cependant qu'il ne s'agissait pas d'un acte commun au cercle d'adeptes du paranormal. S'ils avaient agi de concert, le corps ne porterait pas tous ces hématomes : il aurait été transporté avec plus de soin. Le topo établi par son doc préféré avait donc probablement permis d'écarter une hypothèse. Nora doutait de toute manière déjà de cette possibilité. En effet, si l'objectif de l'assassinat avait été le sacrifice symbolique, les coupables auraient suivi à la lettre le rituel originel, en tuant Jacques Berthier sur place, voire, en l'éventrant vivant, le sang ayant une importance primordiale, car considéré alors comme une offrande. La personne qui l'avait frappé s'était, de plus, visiblement acharnée sur lui : loin du meurtre exempt de toute émotion, bien au contraire. Cette fureur laissait supposer un lien entre la victime et son agresseur : le meurtrier était émotionnellement engagé. Tout ceci ne concordait pas avec un sacrifice mystique.

La capitaine Fasandier avait lu le compte-rendu, établi par un des gendarmes, sur les membres du cercle des amateurs de l'ésotérisme. Elle s'était davantage concentrée sur le couple Saunion-Daunier : ses principaux suspects. Le portrait de Rose Saunion, dépeinte par le frère de Jacques Berthier, semblait sensé. Le parcours retracé faisait écho au caractère instable du personnage. Cependant, contrairement aux dires de l'homme, Rose Saunion n'était, semble-t-il, pas en couple avec cet entrepreneur pour son argent. En effet, l'entreprise faisait face à de grands problèmes financiers. L'homme était endetté. Ses difficultés avaient émergé quelques mois auparavant. Au vu du train de vie qu'il menait avec sa compagne, cela n'était guère étonnant. Selon les témoignages recueillis, il privilégiait la vie de luxe aux investissements nécessaires dans son entreprise, non sans conséquences directes. Pour autant, leur décadence connaissait une rupture nette depuis que le voyant était au rouge. Malgré tout, Rose Saunion ne l'avait pas quitté. N'avait-elle pas encore trouvé son remplaçant ? Elle semblait pourtant être une femme organisée et calculatrice. Nora ne l'imaginait pas être prise au dépourvu sur ce sujet. Le frère de Jacques Berthier, aveuglé par sa haine, se serait-il trompé sur elle ? La capitaine avait plutôt tendance à croire qu'il était perspicace. Alors, qu'en était-il ?

Les yeux de la jeune femme examinèrent à nouveau les documents amoncelés devant elle. Elle saisit de la main gauche la pile de feuillets agrafés qui listaient les papiers retrouvés chez la victime. Cet homme avait réellement pris l'habitude de tout garder. Le nombre de journaux, programmes de télévision, tickets de caisse et autres, était astronomique. La capitaine passa son index lentement sur les noms dans la colonne des rubriques, dans le tableau qu'avait créé les courageux collègues policiers, après avoir tout laborieusement répertorié. Nora analysait une énième fois les documents, méticuleusement, espérant qu'un détail, lui ayant échappé, lui sauterait aux yeux. Le doigt de la policière s'arrêta soudainement sur une ligne. Elle fronça les sourcils. Après avoir glissé son doigt, cette fois-ci, horizontalement, ses yeux se mirent à briller. La capitaine Fasandier esquissa un sourire.

*** 

– J'arrive. Juste quelque chose à vérifier. Oui, Éliot, je te dirai tout dès qu'on se verra.

Nora raccrocha, puis, observa, durant quelques secondes, la façade à la devanture rouge du bar tabac de Saint-Bonnet-Le-Château. Plusieurs entrées permettaient d'accéder au bâtiment qui faisait l'angle de la rue menant vers la Poste. Le lieu se divisait en deux parties : d'une part, le côté bar, de l'autre, le côté tabac et presse. Le flux, dans cet espace, semblait d'ailleurs incessant, au vu des entrées et des sorties. La jeune femme décida d'utiliser cette entrée-ci. La pièce était exiguë pour le nombre de clients, mais bien organisée. La capitaine se positionna dans l'angle droit de la porte d'entrée, attendant patiemment que le flot d'acheteurs s'atténue. Elle prit le temps d'examiner l'endroit, ainsi que la partie de la grande pièce concomitante qu'elle pouvait apercevoir. Le lieu était bien fréquenté, les places assises à la plupart des tables intérieures, et extérieures, sur la terrasse que proposait le commerce, étant occupées. Une jeune femme s'affairait derrière le bar. Nora profita d'un moment d'accalmie pour aborder le jeune homme qui tenait la caisse de son côté.

– Vous savez, moi, je ne suis pas là tout le temps. C'est un job pour compléter. Je suis en STAPS en fait. Mais, après, votre gars, je le reconnais bien. Il vient souvent : c'est un régulier, autant dans ses horaires que pour ses achats. Vous voulez que j'appelle la patronne ?
– Je lui parlerai ensuite. Dites-m'en davantage. Vous le reconnaissez sur la photo alors ?
– Oui. Et à force, on a sympathisé. Il est cool.
– Vous pouvez être un peu plus précis sur ses habitudes, s'il vous plaît ?
– Facile ! Il arrive chaque dimanche vers 9H30, il prend un journal avec le programme TV, puis valide sa grille de loto. Ensuite, il retrouve son ami de l'autre côté pour boire le café.
– Son ami ? répéta la capitaine Fasandier, interloquée.
– Je vois rarement l'un sans l'autre. D'ailleurs, ça fait un moment que je ne les ai pas vus tous les deux. Dites, il n'y a pas un rapport avec le mort retrouvé à Luriecq, hein ?
– Connaissez-vous l'identité de cet ami ? demanda Nora, sans rebondir sur la question du jeune homme.
– Euh, attendez que je réfléchisse... Yves, il s'appelle Yves, je crois. Mais il faudra demander confirmation à ma cheffe. Elle, elle les connaît bien.

La jeune femme n'en croyait pas ses oreilles. Tous les éléments prenaient soudain leur place et un sens.

– Je vais aller parler avec la gérante, mais il va falloir que vous passiez à la gendarmerie, déclara-t-elle alors, les yeux aussi brillants que la veille au soir. Nous avons besoin de votre déposition.

\*\*\*

L'atmosphère dans la minuscule salle d'interrogatoire était pesante. Yves Daunier ne pouvait s'empêcher de tapoter la table avec les doigts de sa main gauche, tout en fixant nerveusement le lieutenant Meunier, qui venait de s'installer face à lui. Celui-ci avait nonchalamment posé un dossier fermé sur la même table et croisait désormais ses mains sur celui-ci, en observant silencieusement l'homme apeuré. La capitaine Fasandier, elle aussi muette, se tenait debout, adossée contre le mur opposé au suspect.

– Je… Je ne comprends pas pourquoi je suis ici, balbutia monsieur Daunier.
– Nous avons une triste nouvelle à vous annoncer, déclara le lieutenant. Nous avons découvert l'identité de la victime retrouvée à Luriecq.

Les lèvres d'Yves Daunier se mirent perceptiblement à trembler.

– Il s'agit de votre ami, Jacques Berthier. Il s'agit bien de votre ami, n'est-ce pas ?
– Oh ! Ciel ! s'exclama alors maladroitement l'homme en se penchant vers l'avant. Non, ce n'est pas possible. Jacques ! Mon Dieu ! Que s'est-il passé ?

– Selon les premiers témoignages, vous vous connaissiez depuis des années, et vous voyiez régulièrement. Nous avons donc besoin de votre aide. Toutes les informations que vous pourrez nous donner sur lui seront utiles.
– Oh… Bien sûr, bien sûr, répondit l'homme en soupirant. Mon pauvre Jacques.

Nora ne put s'empêcher de relever une pointe de soulagement dans la voix et sur le visage de l'homme. Elle resta cependant impassible.

– Pourquoi n'êtes-vous pas venu nous avertir de sa disparition ? C'est étrange, étant donné que vous vous donniez rendez-vous quasiment tous les jours dans les différents bars de Saint-Bonnet-Le-Château.

L'homme blêmit et déglutit.

– Il était parti… Du moins, c'est ce que je croyais. Il m'avait prévenu qu'il partait deux semaines en voyage, dans les Cévennes. Je… Je ne me suis donc pas inquiété.

Le visage d'Éliot marqua, presque imperceptiblement, sa perplexité. Il tourna la tête vers la droite, faisant signe à Nora. Cette dernière ne réagit pas. Le policier poursuivit alors :

– Il devait partir en vacances ? C'est étonnant. Jacques Berthier était pourtant connu pour être casanier.
– C'est vrai. Mais il en éprouvait vraiment le besoin depuis longtemps. Il y avait déjà été durant son enfance, et en gardait de beaux souvenirs. Il avait, à force, mis assez

d'argent de côté pour y retourner. Il se faisait une telle joie.

— Savez-vous où il se rendait exactement ? demanda le lieutenant, dubitatif.

— J'avoue que je ne suis plus sûr. Je ne connais pas cette région. Il m'avait parlé d'Anduze, je crois... Quelque part vers Anduze : c'est ça.

— Merci. Nous allons vérifier tout cela, dit calmement le lieutenant. J'avoue, si je puis me permettre, être un peu étonné par votre relation avec Jacques Berthier, continua-t-il en se penchant en arrière. Il est rare que le nouveau compagnon d'une femme soit et reste le meilleur ami de l'ancien. On imagine plus de l'animosité entre vous, non de la camaraderie. Surtout que, selon les dires, la séparation entre Rose Saunion et la victime a été conflictuelle. Elle l'a quitté pour vous, c'est cela ?

— Non, non. Vous n'y êtes pas du tout. Vous savez, les gens sont prompts à raconter des histoires dans le coin. Il ne faut pas prendre pour argent comptant tout ce que vous entendez.

— Ce n'est pas dans nos habitudes, le coupa sèchement le policier.

— Oui, bien évidemment, reprit gauchement l'interrogé. Je veux dire que la réalité est souvent déformée avec le temps. Jacques et moi sommes... étions amis depuis l'enfance. On s'est toujours soutenu mutuellement. On se considérait... comme des frères. Oh, c'est affreux ! ajouta l'homme en commençant à sangloter.

Nora se rendit compte qu'il était, étonnamment, réellement ému. Sa réaction permettait à l'enquêtrice d'affiner ses convictions.

– Il a fait une grave dépression, poursuivit l'homme en essayant de retrouver de la contenance. Rose et moi l'aidions comme nous pouvions. La période fut extrêmement compliquée : pour lui, mais pour elle également. Elle le voyait chuter, toutes nos tentatives de soutien échouant les unes après les autres. Nous nous sommes rapprochés à cette époque, par la force des choses. Cependant, je peux vous assurer qu'il ne s'est rien passé entre nous, pas avant qu'ils se soient séparés. Je respectais Jacques, elle aussi. Jamais nous ne lui aurions fait cela.
– Pourquoi Rose Saunion a-t-elle refusé de faire intervenir une aide médicale extérieure ? demanda le lieutenant, après un bref silence.
– Oh, mais les personnes ont, là encore, transformé le passé ! Elle n'a cessé de tenter de le convaincre... Nous avons essayé. Malheureusement, il s'y refusait catégoriquement. Toute thérapie contre son gré aurait été vaine, on le savait. Vous pouvez en parler avec Rose. Elle vous dira la même chose que moi.
– Nous comptons le faire, monsieur Daunier, nous comptons le faire.

Le témoin ne put s'empêcher de naviguer son regard inquiet entre la capitaine et le lieutenant de police.

\*\*\*

– Il est nerveux, mais il ne lâche rien, dit Éliot à Nora et à Bertrand, après le départ d'Yves Daunier et de Rose Saunion de la gendarmerie. Qu'on fasse chou blanc avec elle, ça ne m'étonne pas. J'étais cependant persuadé que, lui, craquerait.

– Il l'aime trop pour ça, répliqua la jeune femme, les yeux fixés sur le tableau de la salle des opérations. Il est terrorisé, mais il est également totalement sous son emprise.

– J'aurais peut-être dû aborder l'interrogatoire autrement avec madame Saunion, déclara l'adjudant Bertrand Dubois, visiblement déçu.

– Non, le rassura la capitaine. Vous avez agi comme il le fallait. On se doutait que ce ne serait pas si simple.

– On appelle le proc pour demander une perquisition ? demanda alors Éliot, hésitant.

– Tu sais comme moi qu'il refusera. On n'a rien de tangible, juste de sérieux soupçons fondés sur des éléments concordants, sans preuve pour autant.

– Mais ta théorie est la bonne, j'en suis sûr ! s'exclama le policier.

– Ce n'est qu'une théorie : tout le problème est là.

– Que fait-on alors, capitaine ? demanda Bertrand.

– On les met sous surveillance H24, annonça Nora. Et on augmente la pression.

– Ma cheffe préférée a une idée, dit Éliot en esquissant un sourire malicieux.

– On lance un nouvel appel à témoins. Cette fois-ci, on déclare officiellement le meurtre, et on donne le nom de la victime, le lieu et le moment précis du crime.

– Le préfet va vraiment être en colère. Il misait sur la discrétion. La presse va se ruer dans le coin, énonça alors Éliot.

La jeune femme se retourna et regarda ses collègues de travail avec détermination.

– J'y compte bien. Le couple Daunier-Saunion doit se sentir acculé. On les fait paniquer et on mise sur le moindre faux pas de la part de l'un d'eux. Le préfet, j'en fais mon affaire. Il comprendra : il veut, comme nous, qu'on conclut cette enquête. Il est hors de question qu'ils s'en sortent.
– Ça, c'est clair ! confirma le lieutenant Meunier.

***

– Pourriez-vous nous donner les détails de votre altercation avec Yves Daunier, monsieur Levaudin ?

Le visage de l'homme, assis confortablement dans le fauteuil, en face de Nora Fasandier, se décomposa. La policière, et l'adjudant Dubois s'étaient invités chez l'un des membres du cercle des adeptes du mysticisme, dans sa maison de village, située dans le centre de Luriecq, en bord de route. Son épouse s'était absentée pour faire des courses au supermarché de La Tourette, situé à quelques minutes à peine. Ils comptaient l'attendre pour l'interroger, elle aussi. Le lieutenant Meunier et deux autres gendarmes avaient fait diversion, en entraînant les journalistes vers un autre endroit. Le secteur était envahi par la presse et les curieux depuis l'appel à témoins lancé, au grand dam du préfet. Le Dolmen était au centre des attentions. La capitaine et l'adjudant s'étaient déplacés sans attendre, lorsqu'ils apprirent que la filature de Rose Saunion et d'Yves Daunier avait porté ses fruits. En effet, si, dans un premier temps, le couple n'avait eu aucun comportement suspect après leurs entrevues à la gendarmerie, peu de temps après le lancement de l'appel à témoins, Éric Levaudin avait débarqué chez Yves Daunier. Les gendarmes, postés sur place, avaient pris des photographies, et, même s'ils n'avaient pas pu entendre la teneur de la conversation, il était indéniable que celle-ci était enflammée. Les deux hommes, qui s'entretenaient dans le jardin du suspect, semblaient extrêmement tendus, et Éric Levaudin, même menaçant. Nora avait appris, par la force des choses, qu'il n'y avait pas de coïncidence dans ce type de situation. Bertrand Dubois avait remis en avant la possibilité du lien avec un rituel sacrificiel, étant donné qu'un autre couple du groupe semblait désormais impliqué. Néanmoins, la capitaine Fasandier rejetait toujours cette éventualité.

– Je... Je... Je suis désolé. Je ne vois pas.
– Pourtant, vous étiez bien chez lui il y a moins d'une heure, rétorqua l'adjudant.

L'homme resta bouche bée. Il essaya de se ressaisir et bredouilla :

– Oh oui... Je suis passé rapidement le voir au sujet d'une commande pour mon entreprise, non honorée. Il m'avait promis de me livrer avant aujourd'hui, et... et ce n'est pas le cas. J'étais donc un peu... énervé en le voyant. Mais... rien de grave.

La capitaine Fasandier se pencha en avant, posa ses coudes sur le bas de ses cuisses, croisa les doigts de ses deux mains, puis appuya sa bouche contre ce pont créé. Elle fixa Éric Levaudin sans dire un mot. L'homme, décontenancé, jeta des regards inquiets à l'adjudant Dubois, qui dévisageait la jeune femme, attendant tranquillement qu'elle prenne la suite de l'interrogatoire. Après quelques secondes, qui semblèrent au propriétaire une éternité, elle poussa un profond soupir, décroisa les mains, puis, dit :

– On va gagner du temps monsieur Levaudin, car ni vous, ni nous, n'en avons à perdre. Soyons clairs, il ne nous faudra que quelques heures pour vérifier la véracité de vos propos, et quelque chose me dit que si on contrôle les commandes de l'entreprise de monsieur Daunier, on ne trouvera rien. Vous pourrez inventer le fait qu'il s'agit d'un achat non déclaré, mais, dans ce cas, vous nous obligerez à mettre le nez, en détail, dans vos affaires, voire, de transférer votre dossier à nos collègues de la brigade financière. Je doute que cela soit un choix judicieux. Vous savez comment cela se passe. Les mauvaises nouvelles se propagent comme une traînée de poudre : il ne faut rien de plus pour qu'une entreprise mette la clef sous la porte, même si elle ressort de ce type d'enquête blanchie de tout soupçon. Vous vous en doutez : les réputations ne tiennent qu'à un fil. Nous allons donc réitérer la question pour la dernière fois : pourriez-vous nous donner les détails de votre altercation avec Yves Daunier ?

L'homme, contraint, entrouvrit la bouche sans qu'aucun son n'en sorte. Les larmes lui montèrent aux yeux :

– Je ne voulais pas cacher la vérité. Je voulais juste lui faire peur. Je ne suis pas fier de moi. Je regrette, je vous assure ! Mais il ne m'a rien donné, je vous le jure ! Donc, techniquement : je n'ai commis aucun délit ? Pas vrai ?

Nora et Bertrand se dévisagèrent, perplexes.

– Soyez plus clair monsieur Levaudin. Clair et précis, ordonna la capitaine.

– Ben, on s'est disputé parce que je lui ai demandé de l'argent. Pas tant que ça. C'était même pas cher payé pour acheter mon silence. C'était la première et la dernière fois que je faisais ça, je vous assure.

– Vous lui avez donc fait du chantage, déclara la capitaine Fasandier, en croisant les jambes, tout en posant ses bras sur les montants du fauteuil dans lequel elle était installée. À quel sujet ?

– J'ai entendu parler de votre appel à témoin au sujet du mort au Dolmen.

Le gendarme ne put s'empêcher d'esquisser un subtil sourire de satisfaction, que les deux autres interlocuteurs n'aperçurent point.

– Ce jour-là, vers onze heures trente, j'ai croisé Yves et Rose. Ils étaient garés au bord de la route, en contrebas du dolmen. Le capot était ouvert. Je me suis arrêté pour voir s'ils avaient besoin d'un coup de main. Rose m'a littéralement envoyé paître. Elle est souvent désagréable, alors, je ne me suis pas formalisé. Yves, lui, était bizarre… inquiet. Il m'a raconté qu'il avait un souci avec ce véhicule, qu'il devait remettre régulièrement du liquide de refroidissement. Il devait prendre rendez-vous avec un garagiste, mais n'avait pas encore eu le temps de s'en occuper. Je n'ai pas insisté. Je suis parti. Mais, quand j'ai su pour le meurtre de ce Jacques Berthier, et l'heure : j'ai tilté. Je savais qu'ils se connaissaient bien tous les deux. J'étais alors presque sûr que leur prétendue virée dans le bois d'Yves pour faire le point sur les prochaines coupes à faire ne tenait pas la route. La coïncidence était trop énorme pour que cela en soit une. J'y suis donc allé au bluff.

– Comment monsieur Daunier a-t-il réagi ?
– Il a tout nié en bloc et m'a dit qu'il ne me verserait pas un centime. Je lui ai alors donné un ultimatum. Il a jusqu'à demain pour me rappeler. Passé ce délai : je devais aller vous voir.

L'adjudant Dubois était autant étonné de cet aveu que ravi : la capitaine Fasandier avait réussi son coup. Ils avaient largement de quoi passer à la vitesse supérieure avec les deux suspects. Leur tendre un piège peut-être.

***

– Tu es sûre qu'on a bien fait de ne pas attendre la fin du délai donné par Levaudin à Daunier ? Ce dernier l'aurait peut-être contacté pour payer : on aurait eu une preuve flagrante, s'inquiéta Éliot.

Les deux partenaires se tenaient devant la grange d'Yves Daunier. Des dizaines de gendarmes et policiers, dont des agents de la PTS, s'affairaient de tous côtés pour trouver le moindre indice sur la propriété du suspect et de sa compagne.

– Tu doutes de moi maintenant ? Je suis déçue cher collègue, rétorqua Nora, un sourire au coin des lèvres.
– Mais non, tenta de se rattraper son ami, c'est juste que s'ils ont effacé toute trace, on est mal.

— Ils n'auraient pas craqué face à Levaudin. Il n'avait aucune preuve directe. De plus, il le dit lui-même : le capot de la camionnette était ouvert lorsqu'il les a vus. Ils avaient réfléchi au moindre détail, au cas où. Un avocat sèmerait vite fait le doute : rien de probant. Sans compter qu'ils n'ont pas la somme demandée en leur possession. Par contre, il fallait agir vite, sans leur laisser le temps d'apprendre que Levaudin avait tout raconté. Ils ont été pris au dépourvu. On va les avoir de cette manière.
— Comment ?
— Ne doutez pas de mes pouvoirs, jeune padawan, dit Nora en riant.
— Tu fais de l'humour à deux balles ? Je peux d'ores et déjà prévenir ma douce qu'on va rentrer alors. Tu peux au moins me mettre dans la confidence.
— Si tu es sage. On en parle à la fin de cette perquisition, en fonction de ce qu'on trouve, sourit la jeune femme.

Leur discussion fut interrompue par l'appel de l'adjudant Dubois qui les invitait à le rejoindre dans la grange. Les fouilles dans la maison en pierre n'avaient strictement rien donné. Aucun des outils dans la grange ne portait de trace de sang. Rien d'anormal à relever. Le militaire était prêt à abandonner quand un agent de la PTS lui fit signe. La lampe Polilight éclairait, dans l'angle d'une des planches, peinte et cachée parmi de nombreuses autres, posées contre un des murs, des traces fluorescentes : du sang.

***

– Tu te rends compte ! Je vais pouvoir tout réparer ! Je vais enfin pouvoir vivre pleinement : après toutes ces années ! Les difficultés n'auront pas été vaines. Ce ticket : c'est ma vie retrouvée ! Une vraie vie, pas un semblant ! Tu te rends compte, Yves !

Jacques Berthier, submergé par l'émotion, ne retenait pas ses larmes qui coulaient à flot sur ses joues ridées et meurtries par les années de souffrance passées. Il avait téléphoné à son ami de toujours, et s'était précipité pour le retrouver. Certes, Rose, elle aussi, était présente, mais celle-ci ne le dérangeait pas, bien au contraire. Une part de lui en profitait inconsciemment pour prendre une revanche sur cette femme qui l'avait manipulé et abandonné, pour prendre une revanche sur la vie. Il n'avait plus de rancœur néanmoins, plus maintenant, après toutes ces années. À cet instant précis, seule l'idée de renouer avec son frère et sa famille l'obnubilait. L'argent ne payait pas tout, il le savait. Il pourrait cependant demander pardon en partageant ce gain mirobolant au loto avec ceux qu'il aimait. Il pourrait se présenter devant eux sans honte. Il imaginait déjà un voyage en famille et des heures à discuter, comme lorsque son frère et lui n'étaient que deux garçons qui refusaient d'aller se coucher. Ils réinventaient déjà le monde à l'époque. Grâce à ces plus de cinq cent mille euros, ils pourraient réinventer le leur. L'homme ne cessait de serrer le ticket gagnant contre sa poitrine, de ses deux mains tremblantes.

– Je vais partir, trouver une maison proche de celle de mon frère. On pourra se voir beaucoup plus souvent comme ça. Tu viendras me voir, hein ?

Yves Daunier ne savait comment réagir, perdu entre sentiment de bonheur pour son ami, et une certaine jalousie qu'il n'arrivait pas à contrôler. Sa compagne, médusée, restait en retrait. Son regard noir et son front plissé trahissait une colère profonde pour Jacques. Pourquoi ? Pourquoi n'avait-il pas touché le jackpot quand elle était encore mariée avec lui ? Tout ce qu'elle avait enduré, pour rien. Et maintenant, il osait venir se pavaner devant elle, uniquement pour se venger. Il savait qu'elle serait là. Elle qui l'avait supporté durant tout ce temps devait se contenter d'un homme qui n'avait plus un sou. Quelle injustice ! Elle méritait mieux, tellement mieux ! L'idée de tenter de le séduire à nouveau traversa furtivement l'esprit de la femme. Mais elle se ravisa aussitôt : ce serait un échec cuisant. Il ne se laisserait pas berner une seconde fois. Elle devait s'appuyer sur Yves pour arriver à ses fins. Il était le meilleur ami de Jacques après tout. Ce dernier ne refuserait pas de lui venir en aide. Rose avait, jusqu'à lors, catégoriquement refusé que son conjoint confie ses soucis financiers à Jacques, par ego mal placé. Désormais, les circonstances étaient différentes. Il fallait agir immédiatement cependant, avant qu'il ne retrouve son frère. Une fois les réconciliations faites, cet énergumène emploierait tous les moyens possibles pour les empêcher, Yves et elle, d'approcher Jacques à nouveau. La prédatrice passa ses mains moites sur sa robe, puis, s'avança vers l'heureux gagnant :

– Nous sommes extrêmement contents pour toi, Jacques. Tu mérites tellement d'être heureux. N'est-ce pas, Yves ? Nous n'avons toujours voulu que ton bonheur.
– Oui, oui, évidemment, reprit son compagnon, un peu décontenancé par l'attitude de Rose.

Jacques haussa les sourcils, et lança un regard méfiant à Rose. Il se doutait que cette voix soudainement mielleuse cachait des intentions peu honorables.

– Si tu le dis, souffla-t-il. On va fêter ça ! poursuivit-il en regardant cette fois-ci son ami, sans prêter davantage attention à elle. Je t'invite au resto, entre hommes, précisa-t-il.
– Euh… Eh bien… bredouilla Yves, gêné, ne sachant que répondre.
– Tu ne vas pas refuser quand même !
– Hélas, nous avons trop de souci pour avoir le cœur à la fête, mon pauvre Jacques. Nous nous réjouissons pour toi. Cependant, de notre côté, nous faisons face à de graves problèmes.
– Des problèmes ? Quels problèmes ? demanda alors l'homme, avec un regard inquisiteur. Tu ne m'as jamais parlé de souci, Yves. C'est étrange.
– Yves a agi par pudeur. Nous savions que c'était encore compliqué pour toi, nous ne voulions pas t'importuner avec nos ennuis.

Les lèvres tremblantes, le concerné dévisageait Rose, sans réellement comprendre ses intentions. Devant son mutisme, Jacques insista pour qu'il intervienne.

– Dis-moi, Yves, qu'y a-t-il ? Rassure-moi, tu n'es pas malade ?
– Non, sur ce point, tout va bien, répondit promptement la femme avant que son conjoint ne le fasse.
– Je parle à Yves ! rétorqua sèchement Jacques, agacé par l'attitude de son ex-compagne.

Rose fit la grimace, n'appréciant pas du tout la réaction du gagnant. Il n'avait jamais osé s'adresser à elle de la sorte. L'argent le changeait déjà, visiblement.

— Soit. Parle, Yves. Dis-lui, déclara-t-elle en regardant son conjoint, bêtement planté à côté d'elle.
— Je… Je… balbutia-t-il, les larmes aux yeux. J'ai des problèmes avec l'entreprise. Les comptes sont dans le rouge.
— Quoi ? s'étonna son ami. Comment est-ce possible ? Vous croulez sous les commandes !
— Oui, oui, mais je n'arrive pas à les honorer à temps. J'ai fait des erreurs de trésorerie qui font que je n'ai pas pu payer les dernières commandes de matières premières. Donc, les fournisseurs refusent désormais de me livrer tant que je ne paie pas.
— Sans compter les machines obsolètes qui ne cessent de tomber en panne. Le budget de réparation est énorme, n'est-ce pas Yves ? ajouta Rose sur un ton alarmant. Ton ami est sur le point de mettre la clé sous la porte. Tu ne mesures pas la chance que tu as d'avoir remporté ce gain. Il nous aurait été bien utile. Mais Yves n'a jamais été joueur, finit la prédatrice en lançant un regard réprobateur à son compagnon.

Jacques recula d'un pas en entendant ces derniers mots. Il pinça les lèvres et hocha ostensiblement la tête.

— Si je comprends bien, vous avez besoin d'argent.

Le regard de Rose s'illumina. Elle ne pensait pas que cela serait aussi facile. Elle redoutait de devoir argumenter pour le convaincre.

– Oh ! s'exclama-t-elle, enjouée, sans attendre que l'homme en dise davantage. Tu serais prêt à nous aider ? Cela ne m'étonne pas de toi. Tu as toujours été si gentil, charitable, même quand tu avais toi-même des soucis. Tu as toujours pensé aux autres ! Yves a de la chance d'avoir un ami comme toi.

Ce dernier restait pétrifié. Il ne maîtrisait plus ce qui se produisait.

– Je t'arrête tout de suite ! fulmina Jacques, sur un ton accusateur. Tu ne m'auras pas avec ton faux discours larmoyant ! J'annonce que j'ai gagné de l'argent, et des problèmes financiers surgissent de je ne sais où. Tu me prends vraiment pour un imbécile ! Tu m'as toujours pris pour un imbécile.

Rose, déstabilisée, essaya de reprendre son ex-mari, rageant intérieurement qu'Yves n'intervienne pas pour l'aider.

– Non... Tu te trompes... Je t'assure que...
– Suffit ! Je t'ai assez entendu ! Regarde Yves : il est aussi effaré que moi, face à ton discours farfelu ! Tu ne recules vraiment devant rien.
– C'est lui qui vient de t'expliquer, Jacques. Sois logique ! Dis quelque chose Yves, s'énerva la femme. Dis-lui que c'est vrai !
– Tu lui donnes des ordres et il doit donner la patte comme un bon chien ?
– Comment oses-tu ? vociféra alors la femme. Après tout ce que j'ai fait pour toi !

– Ce que tu as fait pour moi ? À part me manipuler, profiter de moi et m'enfoncer, qu'as-tu fait ?
– Jacques… Jacques… réussit à marmonner alors le muet. Calme-toi. Rose… Rose dit la vérité : on a vraiment de graves soucis d'argent.

Sa compagne, ravie de l'intervention, quoique tardive d'Yves, fit un large sourire de défiance à son ancien conjoint. L'homme, ulcéré, fit un nouveau pas en arrière.

– Toi ? Mon ami ? Tu oses entrer dans son jeu. Je croyais… bégaya-t-il alors. Je croyais que tu étais sincère avec moi. Tu t'es laissé hypnotiser par cette mégère. Réveille-toi ! Elle te manipule ! Comme moi à l'époque.
– Non… Je t'assure, insista maladroitement le conjoint de Rose, hors d'elle à présent, face aux propos de Jacques.
– Vous êtes de concert ? Tu veux m'escroquer toi aussi, Yves ? Je n'aurais jamais cru ça de toi ! Espèce de sale vipère ! hurla-t-il à Rose. Tu n'es qu'une sangsue prête à vendre son corps et son âme sans aucun scrupule ! Mais tu ne m'auras pas cette fois-ci, tu m'entends ! Regarde-moi bien, car c'est la dernière fois que tu me vois ! Je pars le plus loin possible de vous deux ! Tu ne m'atteindras plus ! Mon frère avait raison à ton sujet ! Il avait toujours eu raison, sur tout ! rugit l'homme qui fit demi-tour et se dirigea, en boitant, vers la sortie, laissant son ami, Yves, désemparé et pantois.

Les derniers mots de la diatribe prononcée par Jacques étaient plus que ce que Rose ne pouvait supporter. Cette vermine n'avait pas le droit de s'adresser à elle de la sorte. Il n'était qu'un parasite inutile. Il ne s'en sortirait pas ainsi, il ne partirait pas avec son argent. C'était son argent : à elle ! Elle le méritait largement plus que lui. Son regard se posa sur le marteau de tapissier, posé à l'extrémité du bar, sur sa droite. Sans hésiter, elle s'élança, le saisit et se jeta sur Jacques, lui assénant un violent coup derrière la tête. Son compagnon, interdit, était autant terrifié par son attaque que par le hurlement strident qu'elle avait poussé en frappant son ami. Malgré lui, il demeurait figé, ne pouvant que la fixer frappant encore Jacques, à terre, avec le marteau qu'elle agrippait fermement des deux mains, tout en vociférant des insultes. Tout à coup, dans un élan soudain, sans qu'il comprenne comment, il courut vers eux, l'empoigna par la taille tout en la suppliant d'arrêter. Jacques, étendu sur le ventre, ne bougeait plus. Une mare de sang s'agrandissait lentement sur le sol bétonné. Son bras droit en avant, en direction de la porte, comme s'il voulait encore fuir, restait contracté. Le ticket de loto gagnant, froissé, était toujours fortement maintenu par la main qui le prolongeait.

– Rose, marmonna Yves à la femme hystérique encore essoufflée. Qu'est-ce que tu as fait ?

***

– C'était mon ami, balbutia Yves, au milieu de sanglots, en garde à vue, dans la petite salle d'interrogatoire de la gendarmerie de Saint-Bonnet-Le-Château.

La tête baissée, pleurant à chaudes larmes, il n'osait affronter les regards de la capitaine Fasandier et de l'adjudant Dubois.

– C'était mon meilleur ami. Je n'ai jamais voulu ça. Je voulais qu'il soit heureux. On aurait pu discuter après. Je suis sûr que, calmé, il aurait compris. Il m'aurait aidé... C'était mon ami.
– Soyez compréhensible, monsieur Daunier. Que voulez-vous dire par « On aurait pu discuter après » ? Après quoi ? Vous vous êtes disputés avec Jacques Berthier, c'est cela ? Ça a dégénéré ? Que s'est-il passé, monsieur Daunier ? insista le gendarme. C'est sur cette planche que vous avez transporté le corps ?

L'homme pleurait à bâtons rompus, sans pour autant prononcer quoi que ce soit d'autre. Il gardait les yeux, emplis de larmes, fixés sur ses mains jointes, posées sur la petite table.

– Écoutez, intervint la capitaine, le sang retrouvé est en cours d'analyse. Nous allons vite prouver que c'est celui de Jacques Berthier. Vous pourrez encore parler de coïncidence, mais je pense qu'il sera tout aussi facile de trouver où la planche a été traînée, avec les éléments relevés sur celle-ci. Mon petit doigt me dit que la terre sera la même que celle du Dolmen. Si Jacques était réellement votre ami, comme vous le prétendez, vous devez parler. Je suis certaine que vous ne lui auriez fait aucun mal. Rose Saunion était-elle présente ce jour-là ? Elle était avec vous au Dolmen. Elle est donc, au minimum votre complice. Mais je suis persuadée qu'elle a un rôle bien plus grave dans ce qui s'est passé.

Yves Daunier demeura silencieux. L'enquêtrice poursuivit :

– Vous savez ce qui m'a mis la puce à l'oreille ? Le ticket manquant. Votre ami, Jacques, gardait tous les tickets de loto chez lui. Il jouait de manière régulière, ne manquait jamais son tirage hebdomadaire. Cependant, étrangement, le dernier ticket que nos équipes auraient dû retrouver avec les autres avait disparu. Les buralistes nous ont confirmé qu'il avait pourtant joué, comme à son habitude. Sur les tickets précédents apparaissaient les mêmes chiffres, à chaque fois. Devinez quoi ? Le ticket perdu est gagnant : cinq-cent-quarante-six-mille-sept-cent-soixante-dix euros, exactement. Tant d'argent perdu. C'est le comble dans tout ça : totalement pathétique. Jacques Berthier est mort pour rien, car personne ne pourra encaisser cette somme désormais. Cela serait signe d'aveu flagrant. Votre ami, qui avait souffert toute sa vie, a été lâchement assassiné, de manière horrible, pour rien.

Les sanglots de l'homme reprirent de plus belle. Malgré l'insistance des deux protagonistes, l'homme ne dit plus un mot.

– On va le laisser reprendre ses esprits, dit Nora à Bertrand, après être sortis de la pièce. Il faut espérer qu'il se décide à passer aux aveux. Le problème est qu'il est totalement sous l'emprise de Rose Saunion.

Son interlocuteur fit la moue. Éliot sortit du bureau de l'adjudant, dans lequel se trouvait encore la suspecte, surveillée par la jeune gendarme.

– Sans surprise, elle l'a chargé. Le calme de cette femme est déroutant. Elle raconte qu'il a débarqué chez eux avec le corps dans la camionnette, qu'il a tout orchestré, qu'elle avait soi-disant peur de lui, et que, donc, elle avait suivi ses ordres en l'aidant à transporter le cadavre jusqu'au Dolmen. Elle prétend ne pas savoir où son conjoint a caché le ticket de loto, et qu'il a refusé de lui dire où il avait tué Jacques Berthier.

– Et la mise en scène ? demanda Bertrand Dubois.

– Pareil : c'est l'idée de son conjoint, selon elle. Ils ont été malins : ils ont utilisé la brouette qu'Yves Daunier avait empruntée à monsieur Galfon une semaine auparavant, car il avait des soucis avec la sienne. Ils ont utilisé la planche qu'on a retrouvée pour faire glisser facilement le corps, et pour effacer les traces de la roue sur le sol. Astucieux, hein ? La dame précise qu'elle a fait le guet tandis que lui s'occupait du reste.

– Je n'y crois pas une seconde, intervint la capitaine Fasandier. Les membres du cercle sont formels : elle avait des connaissances poussées concernant les mythes religieux et le paranormal. Yves Daunier n'est que son pantin : il s'est contenté de suivre.

– Oui, je suis du même avis que toi, ajouta le lieutenant. Mais pour l'instant : c'est sa parole contre la sienne.

– Peut-être pas, répondit Nora en souriant.

***

– Il est inutile d'accabler votre compagnon, madame Saunion. Monsieur Daunier vient de tout avouer, déclara Nora, assise en face de Rose Saunion.

Cette dernière avait pris la place de son conjoint dans la salle d'interrogatoire, après une pause de quelques heures.

– Avoué quoi ? rétorqua-t-elle sèchement. Qu'il l'a tué ? Par jalousie. Je n'étais pas là quand ça s'est passé. Je l'ai déjà dit à votre collègue : j'ai signé ma déposition. Il me terrorisait. Il a tué un homme. J'étais obligée d'obéir si je ne voulais pas finir comme ce pauvre Jacques.
– Ne gaspillez pas votre salive. Je ne suis pas là pour recueillir vos aveux.

Les yeux de la suspecte s'écarquillèrent. Elle resta sur ses gardes, et ne répondit pas.

– Quelque chose m'a frappée lors de la perquisition à votre domicile. Enfin… au domicile d'Yves Daunier, car vous vivez chez lui, en réalité.

Rose Saunion serra les dents.

– Vous ne dessinez plus ? Plus de peinture non plus ?

La femme, muette, blêmit.

– C'est bien votre profession ? Professeur de dessin ? Les toiles de peinture accrochées chez vous en témoignent. Quelques esquisses également dans le bureau de votre compagnon. Pourtant, aucun atelier dans cette immense maison. Aucun outil de création : pas même un pinceau.
– Ces derniers temps… débuta la suspecte, d'une voix désormais tremblante.
– Inutile de parler, je vous l'ai dit. J'ai demandé à un collègue de vérifier vos relevés bancaires. On a rapidement retrouvé le prélèvement mensuel pour la location d'un local de chasse à Montarcher. C'est étrange. Vous demandiez à votre conjoint de tout vous payer, sauf

cette location. Sans doute parce que c'est votre refuge : votre lieu pour créer, loin de tout, le seul endroit où vous pouviez être vous-même, entièrement. Vous l'avez transformé en petit atelier de création. Très bien agencé, d'ailleurs.

Rose Saunion était prise de petits spasmes incontrôlables. Tout son corps tremblait. Elle savait.

– On y a été, oui. Bien évidemment. Vous aviez bien nettoyé les lieux, mais vous savez, le sang laisse des marques invisibles à l'œil nu. Vous étiez en compagnie d'Yves Daunier à votre atelier. Jacques Berthier vous a alors rejoint pour vous annoncer la bonne nouvelle. Celle-ci n'a pas eu l'effet escompté, malheureusement. Vous avez dû penser que cet argent vous revenait, tout naturellement, alors, vous l'avez tué, et avez pris le ticket. On l'a retrouvé sur place, caché à l'arrière d'un de vos tableaux.

Les yeux de Rose Saunion s'étaient embués.

– Le souci est que ces découvertes ne correspondent pas du tout à vos déclarations. Vous nous avez menti. Il ne sera pas compliqué de prouver que vous êtes la coupable. Vous avez tué Jacques Berthier. Vous avez, avec vos connaissances sur le sujet, mis en place cette scène macabre de sacrifice. Yves Daunier n'a été que votre marionnette. Je suis sûre qu'il n'est pas au courant... pour la main. Il fallait que vous ayez une emprise sur les hommes de votre vie. Ils vous appartenaient, en fait, à jamais. Vous les considériez comme vos choses, vos objets, que vous façonniez comme vos tableaux. Il était hors de question que Jacques Berthier vous échappe. Vous deviez garder une part de lui près de vous. Vous avez dit à votre conjoint que vous vous débarrasseriez de la main, mais vous n'avez pas pu vous y résoudre. On l'a trouvée, congelée, dans le réfrigérateur congélateur de votre atelier. On trouvera sûrement vos empreintes sur l'emballage et sur cette main. Je doute par contre qu'on trouve celles de votre compagnon. Mes collègues continuent de discuter avec ce dernier en ce moment-même.

– Il était à moi, confessa Rose Saunion. À moi. Il n'était rien sans moi. Il suffit de voir la vie misérable qu'il a vécue après mon départ pour le constater. Tout ce qu'il avait devait donc m'appartenir. Logique. Il n'avait aucun droit de me parler comme il l'a fait. Il me devait le respect, vous entendez ? Le respect.

– Il était encore vivant.

La coupable dévisagea l'enquêtrice, circonspecte.

– Quand vous avez sectionné sa main, il était encore vivant. Inconscient, mourant sans aucun doute, mais vivant.

Le regard de Rose Saunion se perdit instantanément dans le vide. Une larme naquit dans le coin de son œil gauche.

***

– Je sais que les débuts ont été compliqués, mais je tiens à vous dire que j'ai apprécié travailler à vos côtés. Je tiens

également, au nom de toute l'équipe, à m'excuser. Notre comportement a été, à plusieurs reprises, inapproprié.
– Vous n'avez pas à vous excuser. Éliot et moi sommes ravis d'avoir collaboré avec vous. Les circonstances étaient inédites. Vous habitez dans un cadre idyllique en tous cas.
– Si on met les cadavres de côté, ne put s'empêcher d'ajouter Éliot en gloussant.

Contre toute attente, Bertrand rit à sa plaisanterie maladroite.

– Sans rancune, dit-il alors, en tendant la main au policier.
– Sans rancune, répéta le principal intéressé en serrant chaleureusement la main de son collègue.
– Je suis triste pour le frère de Jacques Berthier. Son frère et lui n'auront pas pu se retrouver, avoua Éliot, tout en se dirigeant tranquillement vers la voiture garée sur le parking de la gendarmerie.
– C'est une maigre consolation, mais il sait que son frère voulait se réconcilier avec lui, déclara Bertrand qui accompagnait les policiers.
– Vous avez bien fait de l'appeler et de lui expliquer, dit alors Nora.
– C'est un peu hors procédure.
– Hors procédure, mais nécessaire. Savoir cela n'enlèvera pas la douleur. Cependant, il sait que son frère l'aimait. Preuve en est : les numéros que Jacques Berthier jouait faisaient référence aux dates de naissance de son frère, de son neveu et de sa nièce. Il ne les avait pas oubliés. C'est important.

Le militaire opina de la tête pour acquiescer.

– Je vous recontacterai sûrement, ajouta Nora en arrivant au véhicule. Je pense revenir par ici, en vacances, avec mes enfants.
– Nous vous accueillerons avec grand plaisir, s'enjoua le gendarme. Vous aussi, lieutenant, si l'envie vous en prend.
– Oui, euh, on verra, hein.

Les trois compères éclatèrent de rire.

– Bonne idée, les vacances dans la Loire avec les petits, dit Éliot en tournant la clé du contact, une fois les deux policiers installés dans la voiture.
– Oui, mais ce ne sera pas pour tout de suite, il faut voir comment ça évolue.

Le portail électrique du parking s'ouvrait lentement. Son ami la dévisagea, curieux.

– Comment ça ?
– J'ai suivi tes conseils.
– Tu l'as contacté ? En voilà une excellente initiative, madame.
– Ne t'enflamme pas, je lui ai envoyé un message. Il m'a appelé. On s'est parlé…

Éliot haussa un sourcil, tout en observant Nora.

– Longuement.

L'homme sourit, détourna son regard et mit les mains sur le volant, prêt à prendre la route.

– Vous vous revoyez quand ? demanda-t-il, joyeux.
– Quand je rentre. On fait garder les enfants, et on va dîner ensemble… D'ailleurs, si tu es disponible pour jouer le baby-sitter…
– Alors, là, dans tes rêves ! Par contre, on ne traînera pas en route : promis. Demande à ton doc d'amour pour tes petits monstres. Tu l'aimes plus que moi de toute façon. Tes enfants aussi d'ailleurs, lança son collègue sur un ton taquin.
– Mais, il est jaloux, ma parole ! s'exclama Nora, en éclatant de rire, tandis que la voiture s'engageait tranquillement sur la voie qui les menait vers la sortie de Saint-Bonnet-Le-Château.

La chaleur n'était plus aussi écrasante que les jours précédents. La période de canicule était, de toute évidence, terminée.

# LURIECQ : QUELQUES MOTS

Luriecq, à l'origine, n'était citée que comme une des terres appartenant aux seigneurs de Saint Bonnet. Ce fut en 1291 que celle-ci fut vendue au Comte du Forez de Montbrison, Jean 1er. Elle passera ensuite de seigneur en seigneur, pour arriver aux mains, vers 1701, de la famille d'Assier de Valenches. Grâce à celle-ci, Luriecq, autrefois difficilement accessible, se trouve désormais placée sur la direction de deux principales routes du Forez.

Le Dolmen, mégalithe inhérente à Luriecq, était, en 1856, nommée la « pierre cubertelle », signifiant « pierre couverte ». Il appartenait à une famille locale, les Gagnaire Renevier. La commune de Luriecq en fit l'acquisition en 1916, afin d'éviter sa destruction. Le Dolmen fut alors classé, par arrêté du 2 septembre 1916, monument historique.

Une ligne ferroviaire secondaire traversait la commune de Luriecq. Elle fut ouverte en 1873. Cette ligne de Bonson à Sembadel fut ensuite progressivement fermée au trafic des voyageurs, avant d'être déclassée en 1996.

Le Dolmen, à Luriecq, et ses alentours

© Audrey Eden Tous droits réservés. Écrits et images protégés.

Les alentours du Dolmen, à Luriecq

© Audrey Eden Tous droits réservés. Écrits et images protégés.

# TABLE DES MATIÈRES

Dolmen ..................................................................... 7

Luriecq : quelques mots ........................................ 90

Retrouvons-nous ! ................................................. 94

**Bibliographie de l'auteure Audrey Eden**

– *Les réminiscences d'Émilie,* roman psychologique de société, sur le thème de la violence conjugale, 2021

– *Au bout du rêve*, romance, 2022

– *Liens du sang*, recueil de nouvelles réalistes, dans la collection *Gouttes de vie*, 2023

– *Mon héroïne : Alpha*, thriller, 2023

– *Dolmen*, novella policière, 2024

# RETROUVONS-NOUS !

*Je m'appelle Audrey Eden.
Merci d'avoir choisi et lu ma novella policière.
Vous avez apprécié sa lecture ? Si vous avez un peu de temps et l'envie,
partagez un commentaire sur votre site d'achat, sur les réseaux sociaux, sur
les sites de lecteurs comme Booknode ou Babelio, ou sur mon site internet.
Parce que je m'accomplis grâce à vous et que vos commentaires sont une aide
précieuse pour que de nouveaux lecteurs me découvrent. Parce qu'il n'est pas
aisé pour moi de me mettre à nu, et qu'écrire : c'est se dévoiler. Je vous remercie
infiniment par avance pour votre bienveillance.*

Mon adresse mail : audreyeden.auteur@gmail.com

Abonnez-vous à l'Edenletter : ma newsletter pour ne rien rater de mon actualité d'auteure, pour découvrir mes divers articles sur l'île de La Réunion, et sur les thèmes qui me tiennent à cœur.

Scannez le QR code de l'Edenletter

Visitez mon site internet : audreyeden.com.

Merci de tout cœur.

*Audrey Eden*